<u>Für Stephan, Aniko und Maren</u>
Mein Leben mit Euch ist wundervoll

Tatjana Bergmann

Die sieben Seelensplitter

DER WEG ZU MIR

Roman

Bibliografische Informationen der Deutschen Nationalbibliothek:
Die Deutsche Nationalbibliothek verzeichnet diese Publikation in der Deutschen Nationalbibliografie. Detaillierte bibliografische Daten sind im Internet über dnb.dnb.de abrufbar.

TWENTYSIX
Eine Marke der Books on Demand GmbH

© 2021 Bergmann, Tatjana

Herstellung und Verlag: BoD – Books on Demand, Norderstedt

ISBN: 9783740785925
Cover: Christoph Kölle
Bilder: Tatjana Bergmann

Inhaltsverzeichnis

Kapitel 1. Prolog	3
Kapitel 2. Lena	4
Kapitel 2.a 40 Jahre	6
Kapitel 2.b Heute	8
Kapitel 3. Zusammentreffen	11
Kapitel 3.a Familienbande	17
Kapitel 4. Erklärungen	21
Kapitel 4.a Erläuterung	23
Kapitel 4.b 1. Seelensplitter: Verantwortung	27
Kapitel 5. Daheim	31
Kapitel 5.a Entrümpeln	34
Kapitel 5.b Neues	37
Kapitel 6. Von klein bis groß	40
Kapitel 6.a Und von groß bis klein	42
Kapitel 6.b 2. Seelensplitter: Schuld	48
Kapitel 7. Daheim	55
Kapitel 7.a Beginn der Veränderung	58
Kapitel 7.b Weitere Veränderungen	64
Kapitel 8. Prioritäten	70
Kapitel 8.a Wahrnehmung	75
Kapitel 8.b 4. Seelensplitter: Selbstwertgefühl	86
Kapitel 9. Daheim	95
Kapitel 9.a Selbstbewusster	99
Kapitel 9.b Selbstbewusstsein	104
Kapitel 10. 5 Seelensplitter: Liebe	112
Kapitel 10.a Liebe und Beziehung	117
Kapitel 10.b Die Liebe neu entdecken	124
Kapitel 11. Daheim	129
Kapitel 11.a Neuigkeiten	135

Kapitel 11.b Erinnerungen	139
Kapitel 12. Kein leichter Weg	147
Kapitel 12.a 6. Seelensplitter: Freiheit	157
Kapitel 12.b 7. Seelensplitter: Erkenntnis	164
Kapitel 12.c Fragen zum Leben	170
Kapitel 13. Daheim	177
Kapitel 13.a Happy Beginning	183
Kapitel 14. Epilog	191
Autorenvita	193
Danksagung	195
Leseprobe: Flucht in die Realität	197
0.1 Prolog:	197
0.2 Sieben Stunden bis zum Abflug	202
0.3 Drei Stunden bis zum Abflug	207

Liebe Leserin, lieber Leser,

Wir, Lena, Costus und ich, laden Sie ein, mit uns auf eine gefühlsmäßige Reise durch Höhen und Tiefen mitzukommen. Damit wir Sie nicht sinnbildlich im Regen stehen lassen, bitten wir Sie, sollten sie sich emotional ergriffen fühlen, lesen Sie bitte immer bis zur nächsten Kapitelüberschrift „Daheim" weiter! So können Sie dieses Buch genießen und sich nach dem emotionalen Kapitel auch immer wieder erholen.

Alle hier handelnden Personen sind erfunden, genauso wie die zu den Personen dazu gehörigen Namen. Jede Ähnlichkeit mit lebenden und toten Personen ist absolut zufällig. Die besuchten Cafés gibt es zum Zeitpunkt des Verfassens meines Romanes wirklich. Die Betreiber sind darüber informiert, dass sie in diesem Buch erwähnt werden, und ich bin mir sicher, sie freuen sich auf ihren Besuch.

Viel Freude am Lesen wünschen Ihnen Lena, Costus und ich.

Kapitel 1. Prolog

Irgendetwas war im Raumzeitkontinuum geschehen, als diese Seele den Sprung gewagt hatte, das war echt eigenartig. Ich muss später unbedingt ein Gespräch mit Aristoteles und Einstein suchen. Sie können mir sicher sagen, was hier geschehen ist. Normal war dieser Paukenschlag in dem Moment auf keinen Fall, das wusste ich, Costus*, sicher. Nun denn, sie hatte es auf alle Fälle geschafft. Somit war sie rechtzeitig dort. Ob sie sich noch an all das erinnern würde, was wir gemeinsam gesprochen hatten? Sie waren sich hier oben alle der Wichtigkeit ihres Auftrages bewusst, denn diese Seele sollte es schaffen, dass sich die Menschen darauf besinnen, glücklich zu sein. Ich würde mein Versprechen, sie im Auge zu behalten, auf alle Fälle auch von hier aus erfüllen können. Gegebenenfalls müsste ich eben einen Besuch machen, aber das war so ziemlich die letzte Option. Zumindest konnte ich sehen, dass sie gut angekommen war, insofern schien alles in Ordnung. Die Zeit würde schon zeigen, ob sie alles richtig macht.

---

* Costus. Lateinisch: Wächter, Aufseher, Hüter, Beschützer (Quelle: Frag Caesar)

Kapitel 2. Lena

Mein Name ist Lena. Ich wurde an einem Montag im Juli des vergangenen Jahrhunderts um 6:45 Uhr geboren. Irgendwie musste damals alles ganz schnell gehen. Etwas schien nicht so geklappt zu haben wie geplant, denn ich wurde am selben Tag abends getauft. Nicht, weil ich kränklich war - nein, weil meine Eltern eine ungewöhnliche Unruhe in sich spürten, als ob etwas passieren könnte. Heute glaube ich, dass sie mich einfach vor Schaden bewahren wollten. Durch ihren tiefverwurzelten Glauben war dies ihre Art, für meinen Schutz zu sorgen. An diesem Tag war in unserer Stadt alles sehr festlich geschmückt, nicht etwa zu meinen Ehren, nein, es war Schwörmontag* in Ulm, das bedeutet, Oberbürgermeister Theodor Pfizer hielt auch heute seine Schwörrede.

---

*„Für jeden Ulmer ist es klar: Am vorletzten Montag im Juli steigt das große Stadtfest - der Schwörmontag. Er gehört zum Ulmer Stadtbild wie das Münster, das Wappentier, der Spatz, oder das im vierjährigen Turnus stattfindende Fischerstechen. Offizieller Mittelpunkt des Schwörmontags ist der Rechenschaftsbericht des Oberbürgermeisters auf dem Balkon des Schwörhauses auf dem Weinhof." Quelle: Homepage der Stadt Ulm

Ulm ist eine schöne Stadt zwischen Stuttgart und München am Rande der Schwäbischen Alb. Ein bezauberndes Städtchen mit einer unwahrscheinlich schönen Altstadt, vielen Fachwerkhäusern, dem Ulmer Münster mit seinem höchsten Kirchturm der Welt, samt vielen schönen Stadtgeschichten aus vergangener Zeit. Wenn Sie jemals hierher kommen, machen Sie auf alle Fälle eine Stadtführung mit, es lohnt sich!

Meine Geburtsstadt hat in mir noch nie heimatliche Gefühle hervorgerufen, obwohl meine Vorfahren von Seiten meiner Mutter alle in Ulm geboren waren. Auf irgendeine Weise hatte sich bei mir noch nicht das Gefühl eingestellt, am richtigen Platz zu sein, doch das sollte sich Jahre später ändern.

Kapitel 2.a 40 Jahre

Nachdem Einstein wie auch Aristoteles fast vier Jahrzehnte alles analysiert hatten, kamen die beiden zu dem Resultat, dass sich Lenas Seele aus Versehen in sieben Splitter geteilt haben musste. Somit war mir klar, dass sie unsere Abmachung vergessen hatte, denn nur eine komplette Seele ohne Splitter kann sich an alles erinnern. Nun war es meine Aufgabe, nach ihr zu sehen, besser gesagt, zu schauen, wie ich mit ihr zusammen wieder alles in Ordnung bringen kann. In den letzten Jahren hatte sie sich prächtig entwickelt, nichtsdestotrotz sah es gelegentlich so aus, als würde sie das gewünschte Ziel nicht erreichen. Fremde Einflüsse schienen sie immer wieder aufzuhalten, sie von ihrem Weg abzubringen. Von dem Weg, der von uns beiden gemeinsam für sie von Anfang an bestimmt war, den wir tausend Mal besprochen hatten. Irgendwie musste sie jedoch ein Gefühl für die Abmachung haben, was mich zumindest Hoffnung schöpfen ließ. Nur wegen des Verlusts, des Wissens über die Abmachung ging alles viel schwerfälliger. Vor einigen der schwersten Schicksalsschläge konnte ich sie bewahren, indem ich ihr ein flaues Gefühl im Magen verschaffte. Wie damals als der Kinderschänder unterwegs war, und sie so geistesgegenwärtig zu Fremden: „Hallo, Onkel Hans, hallo, Tante Silke!" sagte, damit sie sich selbst und eine Freundin vor größerem Schaden bewahrte. Für ein Kind von sieben Jahren eine reife Leistung! Manches ließ sich leider nicht verhindern, da ich auch noch der Hüter anderer Seelen bin. Heute erlaube ich mir nach Jahren, in denen ich keine Zeit hatte wieder einen längeren Blick auf sie. Sie wirkt farblos, fast grau in grau, etwas niedergeschlagen, schwerfällig, obendrein sehr traurig. Sie scheint durcheinander zu sein, ihren Weg nicht zu finden, als ob sie immer noch nicht wüsste, wohin sie gehört. Es ist noch nicht zu spät, etwas zu verändern, denn sie ist noch nicht einmal bei der Hälfte ihrer Lebenszeit. Die Frage ist nur, wie sollte ich es in Ordnung bringen, ohne dass sie aus der Bahn geworfen wird? Es stehen definitiv einige tiefgreifende Erfahrungen, Erkenntnisse und Empfindungen vor ihr. Unverzüglich ziehe ich meinen Mantel an, mache mich auf den Weg. Wie ungern ich doch diesen Weg einschlage und auf der Erde umhergehe! Es kostet mich in meinem Alter stets so viel Kraftaufwand. Ich bin eindeutig zu alt für diesen Job.

Kapitel 2.b Heute

Es ist November und ich bin unterwegs, die ersten Weihnachtseinkäufe zu erledigen. Das scheint heute nicht nur meine Idee zu sein. Die Weihnachtsbuden werden bereits rund um das Münster aufgebaut. Wie sehr ich mich schon darauf freue, über den Weihnachtsmarkt zu bummeln! Vielleicht kann ich ja Klaus, meinen Ehemann, dazu überreden mitzukommen, obwohl er solchen Trubel nicht wirklich mag. Nun ja, mal sehen. Aktuell wäre dies eine schöne Möglichkeit, mal auf andere Gedanken zu kommen. Es gibt einfach zu viel, was mich gerade beschäftigt. Ständig schwirren unzählige Fragen durch meinen Kopf. Fragen, wie zum Beispiel: Ist das wirklich schon alles? Ein Mann, zwei Kinder, einen Teilzeitjob im Büro (der nicht wirklich Spaß macht). Wie findet man nun seinen ganz eigenen Weg? Woher weiß man dann, dass es der richtige ist? Wann hört es auf, dass ich ständig um die Dinge, die mir wichtig sind, kämpfen muss? Ich möchte meinen „mir" eigenen Platz finden, meine Berufung. Etwas tun, woran ich unendlich viel Freude habe. Den Menschen zeigen, dass es auch anders geht als ständig nur über die Ellbogen. Ich habe den Neid sowie den Hass, der überall zu spüren ist, so satt. Ich möchte einfach

glücklich und zufrieden sein. Da es immer dieselben Gedanken sind, die mich nun seit über zwei Jahren begleiten, beschließe ich, sie für heute auf die Seite zu schieben, mich dabei komplett auf meine Einkäufe zu konzentrieren.
Zuerst geht es in den kleinen Bücherladen in der Nähe des Kornhausplatzes, um nach einem Bild-Kalender von San Francisco für Klaus zu schauen. Ich liebe alle Arten von Bücherläden, ganz besonders die kleinen; die Atmosphäre dort, den Geruch von neuen Büchern. Durch die Hilfe von kompetentem Fachpersonal hat man die Chance, in eine andere Welt einzutauchen. Meine Lieblingsbuchhandlung ist allerdings außerhalb von Ulm, in Senden, sie heißt so treffend *Bücherwelt*. Dort schaue ich oft ohne Anlass mal vorbei, meistens finde ich dann etwas Geschmackvolles zum Abtauchen. Nun, heute bin ich schon in Ulm, außerdem hat der kleine Buchladen hier wirklich eine große Auswahl an Kalendern. Im Laden werde ich schnell fündig, zudem kann ich mich in Ruhe zwischen zwei wirklich tollen Bildkalendern entscheiden. Die Verkäuferin lässt mir Raum und Zeit zum Durchblättern, damit ich die richtige Entscheidung treffen kann. Ein älterer Mann betritt die Buchhandlung, mich beschleicht das irre Gefühl ihn zu kennen. Manchmal habe ich dieses

eigenartige Gefühl bei mir wildfremden Menschen, die ich noch nie gesehen habe, sie zu kennen, obwohl ich ihnen garantiert zum ersten Mal in meinem Leben begegne. Er ist groß, trägt einen Mantel, wirkt elegant, stattlich, bereits grauhaarig und sehr gepflegt. Was mich im höchsten Maße an ihm fasziniert ist nicht nur seine vertrauenswürdige Art, sondern auch seine blauen Augen. Seine ganzen Bewegungen machen mir einen vertrauten Eindruck, als ob ich ihn schon ewig kennen würde. Ich zwinge mich dazu, meinen Blick abzuwenden, damit ich mich auf die Kalender konzentrieren kann. Schließlich entscheide ich mich für den größeren Kalender, bezahle und lasse ihn gleich als Geschenk verpacken. Danach mache ich mich auf Richtung Münsterplatz.

Kapitel 3. Zusammentreffen

Draußen vor der Tür klingelt mein Handy, am Ton kann ich hören: Eine SMS. Also Handy aus der Tasche kramen, stehen bleiben, erst einmal schauen, was da los ist. Da ich nicht darauf achte, ob jemand hinter mir ist, stoße ich heftig mit dem älteren Mann von eben zusammen, der mir hilfreich beide Hände entgegenstreckt, die ich dankend fasse. In diesem Moment geschieht etwas Eigenartiges. Ich habe das Gefühl, mitten in einem Zeitraffer und gleichzeitig in einer Zoomaufnahme zu sein, nur dass der Zoomblickwinkel immer weiter weg geht. Mir ist kalt, des Weiteren übel, denn alles bewegt sich in einer rapiden Geschwindigkeit. Ich habe Angst, denn ich spüre keinen Boden mehr unter den Füßen. Kurz bevor ich den Halt verliere, wird alles langsamer, und zugleich habe ich das Gefühl, in einen Augenblick hinein gezoomt zu werden. Wie verrückt ist das denn?

Der Moment, in dem ich angekommen bin, ist mehr als scheußlich. Ich bin mitten in einem Krieg, außerdem ist es deutlich kälter, ich schätze sicherlich Minusgrade. Ich bin in einem Schützengraben, ohrenbetäubender Lärm um mich, ein grauenvoller Gestank nach Schwefel und Metall erfüllt die Luft. Es riecht nach verwestem Fleisch und gleichzeitig nach frischem Blut, es ist auf alle Fälle kein Ort, an dem ich bleiben möchte. Durch die Höhe des Grabens kann ich nicht erkennen, wo ich bin oder welcher Krieg das hier ist. Vor mir liegt ein ganz und gar verängstigter Mann, um die dreißig, im Graben. Er zittert am ganzen Körper und hält ein Maschinengewehr fest. Absolut schussbereit, mit der Hand am Abzug scheint er zu überlegen, ob er schießen soll. An seiner Uniform erkenne ich das Abzeichen der Wehrmacht, also bin ich im 2. Weltkrieg gelandet.

Ich setze an, um zu schreien, als ich eine Stimme vernehme und die wärmenden Hände, die mich gefasst hatten, bewusst wahrnehme.

„Lena, hab bitte keine Angst, du bist hier, damit ich und die Situation hier dir einige deiner Fragen beantworten, dass du Zugang zu deinen dir eigenen Gefühlen bekommst, dass du lernst, zu erkennen, ob es sich tatsächlich um deine eigenen Gefühle handelt."

Beim Aufschauen sehe ich in die so fantastischen blauen Augen. Aus der Nähe habe ich das Gefühl, in einem Ozean der Geborgenheit zu versinken. Die Ruhe, die er ausstrahlt, ebenso die Gelassenheit, mit der ich erfüllt werde, halten mich vom Schreien ab. Deshalb frage ich:

„Hier? Warum ausgerechnet hier? Hätte ja auch auf einer Südseeinsel sein können!" Er scheint zu schmunzeln, so bizarr das Ganze auch ist.

„Sollen wir nicht lieber in Deckung gehen? Und warum bin ich hier?"

„Völlig unnötig! Du kannst hier nicht wahrgenommen werden. Es kann dir hier nichts geschehen. Du bist lediglich hier, um deine eigene Welt, dein Leben besser zu verstehen, und gleichzeitig kannst du hier alles ..."

Ich stehe ihm gegenüber, überdies laufen bei mir die Tränen, ich fühle so viel Angst, jede Menge inneren Schmerz und unendliche Traurigkeit um mich herum, alle diese Gefühle scheinen mich zu übermannen.

„Was ist, Lena?"

„Oooh, mein Gott, ich kann hören, was der Mann da vor uns denkt, ich kann fühlen, wie er sich fühlt, als wären es meine Empfindungen!"

„Und was denkt er?", fragt er ruhig und freundlich.

„Kannst du das nicht spüren oder hören? Warum bist du mit mir hier?"

„Ich bin hier nur der Souffleur oder Gesprächsberater, vielleicht könnte man auch Lebensberater sagen. Welch interessante neue

Wendung! Lebensberater, die Idee kam mir ja noch nie."

Er unterdrückt wieder ein Schmunzeln. Er fing erneut an:

„Nein, ich kann von hier nicht spüren, was er denkt oder fühlt, das kann ich nur von meinem Arbeitsplatz aus, aber darüber unterhalten wir uns ein anderes Mal. Nun sag schon, was denkt er?"

„Seine Gedanken sind wirr. Warte, ich dolmetsche mal synchron:

Vor kurzem habe ich noch am Münster mein Gesellenstück fertig gestellt, habe damit Gott mehr als Ehre erwiesen und bin Vater einer kleinen Tochter. Jetzt soll ich hier Menschen töten, um nicht selbst getötet zu werden. Oh, mein Gott, was ist das hier für ein unglaublich großer Mist! Ich will hier nur lebend rauskommen, danach feiere ich jeden Tag, als wäre es der letzte, des Weiteren werde ich mich so oft wie möglich betrinken, um zu vergessen. Ich möchte einfach nur noch vergessen, keine Erinnerung an das hier mehr haben. Ich will nur zu meiner Frau, zu meiner kleinen Tochter. Hoffentlich ist meine kleine Familie in Sicherheit! Schrott, Schrott, Schrott! Ich bin mir sicher, dass die mich töten, wenn ich die nicht töte. Ich will nicht töten.

Brauchst du noch mehr? Ich würde lieber wieder weg von hier!"

„Wir können noch nicht weg, du musst hier etwas erledigen."

„Wie bitte? Bist du noch klar bei Sinnen? Wer bist du eigentlich?"

„Ich bin Costus, der Hüter der Seelen, aller Seelen. Ich bin mit dir hier, damit dein Leben sich ändert und du deinen inneren Frieden findest."

„Dann hast du dir viel vorgenommen, denn ich bin wirklich nicht einfach gestrickt. Aber warum sind wir ausgerechnet hier? Warum gerade jetzt?"

„Wie fühlst du dich, wenn du den jungen Mann ansiehst?"

„Genauso beschissen wie er - aber Moment mal, es fühlt sich an, als wäre ich mit ihm verbunden. Er macht einen vertrauten Eindruck auf mich, fast als wäre er ein Teil von mir."

Und dann geschieht es. Der junge Mann erschießt einige seiner Feinde. Ich kann die Todesschreie wahrnehmen, sie erschüttern mich bis ins Mark. In seinem Kopf jedoch ist nur noch Leere, er denkt tatsächlich nichts mehr, ich kann keinen Gedanken, kein Gefühl mehr erkennen. Er wirkt leblos, einfach leer. Nach unendlichen zehn Minuten Schießerei herrscht plötzlich Totenstille. Der junge Mann hat seine Augen geschlossen, als wolle er alles vergessen, nichts von alledem wahrhaben, was gerade geschehen ist. In mir krampft sich alles zusammen, alle vorhandene Lebensenergie scheint auch aus mir zu weichen. Er sieht so leblos aus, wie ich mich fühle.

„Lena, zwinge ihn, die Augen zu öffnen, sprich mit ihm, er darf sich vor der Verantwortung nicht drücken, er muss sich dem, was hier passiert ist, stellen!"

„Du bist gut, wie soll ich das machen? Was soll ich ihm sagen? Warum glaubst du überhaupt, dass er mich hören kann oder gar auf mich hört?"

Kapitel 3.a Familienbande

„Sprich ihn an, er wird dich hören, besser gesagt wird er dich als Stimme in sich wahrnehmen und auch fühlen, dabei unbewusst verstehen, dass ihm das gesprochene Wort guttut. Sag ihm das Erste, was dir selbst durch den Kopf geht! Es ist wichtig, er heißt Ernst, er ist und wird später dein Großvater."

Mir laufen erneut die Tränen, ich fühle mich komplett geschockt, zudem extrem aufgewühlt. Konnte ich mich doch so gut an meinen Opa erinnern, der paradoxerweise Ernst Frohsinn hieß, ein aufrichtiger, guter, dazu fröhlicher Mensch war, gleichzeitig für jeden Spaß zu haben. Ich erinnere mich genau, wie er mit seinem Spielmannszug unterwegs war, sich dabei als Frau verkleidet hatte. Ich habe dieses Bild nach all den Jahren noch immer lebhaft im Kopf. Ich entsinne mich, wie er mit dem Fahrrad unterwegs war, wie wir gemeinsam beim Wandern waren, obwohl ich damals erst sieben Jahre alt war. Als ich noch kleiner war, saß ich oft auf diesen Wanderungen auf seinen Schultern, dann habe ich mich richtig groß gefühlt. Gerne hat er öfters einen über den Durst getrunken. Meine Omi sagte dann immer, Opa war mal wieder feiern. Er hat mich oft auf meinem Schulweg begleitet, dann hat er mir von seiner Kindheit erzählt. Über den Krieg, da bin ich mir sicher, hatte er nie mit mir gesprochen. Er starb kurz nach meinem achten Geburtstag, drei Monate vor Beginn seiner Rente, ohne jemals in den Genuss seines Gartenhäuschens gekommen zu sein. Mein Opa war durch und durch ein richtiger Ulmer, das hat er auch immer selbst von sich gesagt. Ich vermisse ihn sehr. Wie sehr liebte ich doch meinen Opa, denn wie für alle Kinder war auch er für mich ein Held!

„Opa, hörst du mich? Bitte hör mich, bitte ... Mach die Augen auf, schaue, was hier passiert ist! Bitte schau es dir an! Ich weiß, es ist scheußlich, ich möchte es am liebsten auch nicht wissen. Bitte ..."

Keinerlei Reaktion. Er saß immer noch ohne jede Regung vor mir. Ich versuche es erneut:

„He, du, (war wahrscheinlich besser, als Opa zu sagen, sonst denkt er noch, er schnappt über) hör mir zu! Ich kann spüren, wie leblos du dich fühlst. Bitte verschließe die Augen nicht vor dem, was hier passiert ist! Du bist am Leben, sei dem - der für dich sein Leben gegeben hat - dankbar! Es gab nur die Möglichkeit - entweder er oder du. Er hat sein Leben gegeben für dich, für mich, für alle, die nach dir und so auch nach mir kommen. Er, dazu seine Familie, sie nehmen all den Schmerz, all das Leid auf sich, was der Tod mit sich bringt. Bitte mach die Augen auf, steh zu dem, was hier passiert ist, stell dich dem Geschehen! Ich bin dem *hier* wie auch dem Tod nicht gewachsen, ich ertrage es nicht, ich kann das nicht für dich bewältigen, das übersteigt meine Kräfte. Ich bin ein Teil von dir, jedoch für dies hier bist allein du verantwortlich. Es steht mir nicht zu, das Geschehene zu bewerten, ich habe alle Achtung vor dem, was du hier tun musstest. Ich habe Achtung vor dem Schmerz, den Erinnerungen, die du all die Jahre in dir tragen musst."

Ein Ruck geht durch meinen Opa, er sieht mich an. Er blickt mir direkt in die Augen, es fühlt sich für einen kleinen Moment an wie eine liebevolle Umarmung. Ungläubig, als würde er mit sich selbst sprechen, höre ich meinen Opa sagen:

„Ja, ich verschließe die Augen nicht mehr. Diese Opfer achte ich, gleichzeitig ist es an mir, von diesem Moment an, die Verantwortung dafür zu tragen."

Mit dem Aussprechen dieses Satzes kann ich sehen, wie das Leben in ihn zurückkehrt, dabei hat es den Anschein, als ob sich ein imaginärer Splitter aus seinem Herzen löst, der direkt auf mich zukommt.

„Schnell, nimm den Splitter, fang ihn auf, Lena, und halt ihn fest, lass ihn auf keinen Fall los!", sagt Costus zu mir.

Ich fange den Splitter und betrachte, wie wundervoll, glänzend, einzigartig, von welch eigener Schönheit er doch ist. Er fühlt sich vertraut an, so, als gehörte er zu mir. Der Splitter löst sich in meiner Hand auf, dabei dringt er sanft in mich ein, als wäre er ein Teil von mir, der längst verloren geglaubt war. Er scheint in mir seinen ihm eigenen Platz zu finden, zugleich werde ich mit Lebensmut erfüllt, dabei fühle ich mich seit Langem wieder lebendig. Ich spüre, wie mein Herz vor Freude stolpert. Währenddessen fühle ich mich so beschwingt, es ist wie ein Stückchen Freiheit, als ob mit diesem Splitter eine wesentliche Bürde verschwunden ist, die bisher mein Wesen erfüllt hat.

„Gut gemacht, Lena!"

Ich setze schon an zu einer Frage, als Costus mir die Antwort gibt.

„Das ist einer deiner Seelensplitter, liebe Lena. Er gehö..."

In genau dieser Sekunde beginnt das leichte Schwanken, die Übelkeit, der Zeitraffer und der Zoom, alles rast an mir vorbei weg und wieder her.

Kapitel 4. Erklärungen

Im nächsten Moment befinden wir uns wieder in der Platzgasse, genau dort, wo der Zusammenstoß passiert war. Costus hält mich an meinen Händen, wieder schaue ich in seine blauen, beruhigenden, tiefgründigen Augen. Trotz der Geborgenheit, der Ruhe, die ich spüre, sind in mir doch einige Fragen, die jetzt nach Antworten verlangen.

„Was war das gerade, kannst du es mir bitte erklären? Warum passiert mir das? Waren wir lange weg?"
„Langsam, langsam Lena. Nein, wir waren nicht weg. Es ist lediglich deine Seele, die für eine kurze Zeit von hier verschwindet, das ist für kein Auge sichtbar. Des Weiteren sieht es für alle um uns herum so aus, als wären wir beide in ein intensives Gespräch vertieft, bei dem man besser nicht stört. Den Rest würde ich dir lieber bei einer Tasse Kaffee erzählen, wenn du magst. Wir könnten ins *Café Alba* um die Ecke gehen?"

Da heute mein freier Tag ist, ferner ich nicht kochen muss und bis Weihnachten noch viel Zeit ist, nehme ich das Angebot ohne zu zögern an. „Ja, sehr gerne!", antworte ich deshalb erfreut. Außerdem bin ich jetzt viel zu neugierig, natürlich möchte ich wissen, was genau gerade eben passiert ist! Wir gehen die paar

Meter bis zum Café. Dort ist es heute etwas ruhiger, da es noch nicht mal Mittag ist. Wir nehmen uns einen einzelnen Tisch am Fenster, so dass wir uns ungestört unterhalten können. Die Bedienung kommt, freundlich nimmt sie unsere Bestellung auf. Da mir noch etwas kalt ist, trinke ich heute mal einen großen Milchkaffee. Bis der Kaffee kommt, hänge ich meinen eigenen Gedanken nach. Ich fühle mich noch sehr verwirrt, dennoch um eine große Last leichter; so, als hätte mir jemand einen fünf Kilosack von den Schultern abgenommen. Mein Blick streift durch das italienische Café, das sehr stilvoll eingerichtet ist. Dadurch, dass es relativ klein ist und die Kuchentheke einen großen Platz einnimmt, ist es sehr beschaulich. Bekannt ist dieses Café auch für seine italienischen Pasticcini: Ein italienisches Kleingebäck, wie ein Miniwindbeutel mit verschiedenen Füllungen. Oder für die leckeren Tarteletts mit frischen Früchten, verschiedenen Torten, Obstkuchen und vieles mehr. Ich bin gerne hier, der originale italienische Cappuccino schmeckt nach Amaretto, hinterlässt im Mundraum einen angenehmen Kaffeegeschmack. Meist gönne ich mir auch eine kleine Näscherei dazu, heute jedoch eher nicht. Nachdem die freundliche Bedienung uns unsere Getränke gebracht hat, beginnt Costus mir einige Dinge zu erklären.

Kapitel 4.a Erläuterung

„Ich möchte dir jetzt mal nur einen Teil von alldem, was heute passiert ist, erklären. Dazu muss ich etwas ausholen." Er sieht mir dabei fest in die Augen, seine Stimme hat einen warmen, anhaltenden, sinnlichen Klang. Ich könnte ihm ewig zuhören.

Er spricht weiter. „Jeder Mensch besitzt eine Seele. Manch einer glaubt daran, und manch einer eben nicht. Diese Seele macht dich zu dem Menschen, der du bist, sie erfüllt deinen Körper, dein ganzes Sein, dadurch macht sie dich zu einem einzigartigen, wunderbaren Menschen. Jede Seele wiederum hat eine Aufgabe, die sie während ihres Lebens auf Erden erfüllen soll. Damit Körper, Seele, wie auch Geist im Einklang sind, ist es das Bestreben der Seele, möglichst immer näher an ihre Aufgabe zu kommen und am allerbesten dieses Ziel tatsächlich auch zu erreichen. Wann eine solche Aufgabe erreicht ist, hängt von jedem Einzelnen ab, weist allerdings niemals eine zeitliche Begrenzung auf. Ein Jeder, der sich damit befasst und diesen Weg verwirklicht, ist von einer unergründlichen Zufriedenheit erfüllt, umso näher er diesem Ziel kommt. Diese Menschen ruhen in sich selbst, zugleich sind sie glücklich.

Im Unterschied dazu stehen die Menschen, deren Seele sich immer weiter von ihrer Aufgabe wegbewegt. Diese Menschen haben meist eine große Unzufriedenheit in sich, sie kämpfen stets an verschiedenen Fronten, sind unsicher, ferner wissen sie nicht wirklich, was sie vom Leben wollen. Das heißt nicht, dass sie unglücklich sind, aber stets richtig glücklich sind sie auch nicht."

Seine Ausführungen treffen auch auf mich zu, scheint so, als ob er hier auch von mir berichtet. In diesem Zusammenhang bin ich gespannt, was er noch alles zu sagen hat. Es entsteht eine kurze Pause, da Costus sichtlich seinen Milchschaum vom Cappuccino genießt. Auf mich macht es den Eindruck, als ob er schon lange keinen mehr getrunken hat. Ein umwerfendes Lächeln macht sich in seinem Gesicht breit, Genuss pur ist erkennbar. Ich freue mich, dass ihm der Cappuccino hier auch schmeckt, dabei nehme ich selbst einen großen Schluck meines Milchkaffees.

„Das, was du gerade gesagt hast, trifft auch auf mich zu. Habe ich es richtig verstanden, dass, wenn ich tatsächlich wüsste, was meine Aufgabe ist, sich mein Leben in eine bessere Richtung ändern würde?", frage ich ihn.

„Könntest du diese Frage aufheben, bis ich dir soweit mal alles erklärt habe, Lena?"

Ich nicke, meine Ungeduld kommt mal wieder zum Vorschein. Geduld ist nicht unbedingt meine Stärke. Dennoch weiß ich nicht, warum mir das heute alles passiert ist.

„Als du, liebe Lena, besser gesagt deine Seele sich auf den Weg gemacht hat, wusste sie genau, ganz genau, was hier deine Aufgabe ist. Die Begeisterung deiner Seele dafür war unglaublich!"

„Das würde bedeuten, du kennst meine Seele schon länger?"

„Ja!"

„Wow, das macht mir jetzt etwas Angst."

Freundlich blickt er mir erneut tief in die Augen und spricht beruhigend weiter. Mit jedem weiteren Wort, das er spricht, schwindet meine Angst.

„Du brauchst dich nicht zu fürchten, ich kenne fast jede Seele, das ist mein Job, denn schließlich bin ich ein Hüter der Seelen. Mein Job ist es, die Seelen ein wenig in die richtige Richtung zu lenken, sie auf den eigenen Weg zu bringen. Dies tue ich, indem ich deiner Seele einen Impuls schicke. Diesen Impuls setzt der Mensch in Form von Gefühlen um. Er spürt, ob es sich gut anfühlt oder nicht. Das benennt ihr Menschen auch als ‚Bauchgefühl'. Entscheiden darf ein jeder Mensch für sich, ob und wie er diesem Gefühl traut, letztlich bin ich nur ein Beobachter. Zurück zu dir! Als du auf diese Welt gekommen bist, hat irgendetwas das Raumzeitkontinuum gestört, wir wissen nicht, was. Wir wissen nur, dass sich deine Seele in sieben Teile aufgesplittert hat. Von diesen sieben Splittern war einer immer bei dir, denn dieser macht dich so unverwechselbar, von den anderen sechs hast du heute den ersten wieder gefunden."

„Wer ist wir?"

„Du kannst es eine übergeordnete Einheit nennen oder eine himmlische Macht, je nachdem, woran du glaubst oder glauben möchtest."

Mein Gedanke dazu: Wahrhaft ein schönes Gefühl an eine himmlische Macht zu glauben, die einem einen Impuls schenkt, damit man nicht vom richtigen Weg abkommt.

Kapitel 4.b 1. Seelensplitter: Verantwortung

„Nun zurück zu deinem Seelensplitter, den ersten, den du heute zurückerhalten hast. Sowie zu deiner Frage, die du mir vorhin gestellt hast, weißt du sie noch, Lena?"

„Aber sicher, Costus. Meine Frage war, wenn ich Kenntnis darüber habe, was meine Aufgabe hier ist, würde sich dann mein Leben in eine bessere Richtung wenden?"

„Die Antwort darauf ist eindeutig - JA."

„Super, dann sag mir doch, was meine Aufgabe ist, denn ich gehe davon aus, dass du von einem jeden die Aufgabe kennst!"

„So einfach ist es leider nicht, da ich es dir nicht sagen darf, geschweige denn sagen kann."

„Warum nicht? Stirbst du dann? Oder bekommst du irgendeine barbarische Strafe?"

„Nein, mit solchen Mitteln werde ich nicht konfrontiert. Die Sache ist die: Niemand kann es aussprechen, auch ich nicht. Ich kann diesen Satz, dieses Wissen, nicht laut formulieren, er ist in meinem Kopf, in meinem ganzen Wesen präsent. Allerdings kommt er nicht über meine Lippen. Dieses Wissen musst du dir selber erarbeiten. Es ist ein uraltes Wissen, das, wenn es sich dir offenbart, deinen ganzen Organismus, dein Sein, dein Wesen, deinen Körper, deine Seele und gleichermaßen deinen Geist erfüllen wird. Zu diesem Wissen gelangst du, liebe Lena, wenn du wieder im Besitz all deiner sieben Seelensplitter bist."

„Jetzt verstehe ich die Gefühle, die sich vorhin in mir breit gemacht haben. Das war ein Seelensplitter, der zu mir zurück gekommen ist. Hab ich das so richtig verstanden? In dem Moment, in dem ich ihn wahrgenommen habe, habe ich mich vollständig gefühlt, zuversichtlich, gerade so, als ob ein Stück Freiheit zu mir gekommen ist!"

„Gute Beschreibung, meine Liebe, genau so fühlt es sich an. Der erste Splitter, den du wieder hast, ist der Splitter der Verantwortung.

Verantwortung für sein eigenes Tun zu übernehmen, bedeutet, es mit allen Konsequenzen zu tun, egal ob positiv oder negativ. Insofern ist es wichtig, dass du dich im wahrsten Sinne des Wortes der Tat stellst und für dein Tun Verantwortung übernimmst.

Du hattest deinem Opa deinen Splitter überlassen, damit er seinen Schmerz betäuben konnte und sich dadurch der Situation nicht stellen musste. Aus Mitleid wolltest du die Verantwortung für sein Tun übernehmen, was absolut unmöglich, sogar sinnlos ist.

Diese Tatsache hat dich jahrelang viel Kraft gekostet, ohne es zu wissen. Ferner war sie auch die Ursache für viele Albträume und immer wiederkehrende unbegründete Ängste. Ab heute lassen wir deinen Opa die Verantwortung selbst tragen. Es war sein Leben, somit durfte er damit machen, was immer er wollte."

„Ja, es war sein Leben und soll auch seines bleiben. Ich bin meinem Opa von Herzen dankbar, für all das, was er auf sich genommen hat, für mich und meine Kin-der. Opa, wo immer du bist, alles, was zu deinem Leben gehört, all der Schmerz, all das Leid, all die damit verbundenen Emotionen, lass ich nun in tiefer Dankbarkeit bei dir. Du hast für immer und ewig einen Platz aus Liebe in meinem Herzen!"

Mit dem Ende dieses Satzes kann ich endlich mal wieder richtig durchatmen.
Costus trinkt den letzten Schluck seines Cappuccinos mit unglaublichem Genuss, so etwas sieht man echt selten. Er winkt der Bedienung, um die Rechnung für uns beide zu begleichen. Wir gehen gemeinsam hinaus, bleiben jedoch draußen vor der Tür stehen.

„Danke für die Einladung. Wie geht es jetzt weiter, mein Seelenhüter?", frage ich, als ich merke, dass Costus sich verabschieden möchte.

„Nun liebe Lena, alles braucht seine Zeit. Lass das Ereignis heute erst einmal auf dich wirken! Wir sehen uns zur rechten Zeit wieder. Hab Vertrauen, ich glaube ganz fest an dich. Ich weiß, dass du die anderen Seelensplitter auch noch finden wirst, alles zu seiner Zeit."

Ich möchte noch etwas erwidern, als mein Handy klingelt. Ich krame es aus der Tasche und schaue auf das Display. Als ich aufschaue, ist Costus weg. Ich laufe schnell um die Ecke, kann ihn allerdings nirgendwo mehr entdecken.

Kapitel 5. Daheim

Mir ist die Lust zum Bummeln vergangen. Ich mache mich auf den Heimweg. Die SMS und der Anruf waren beide von Klaus. Er wollte nur fragen, ob bei mir alles in Ordnung ist. Da ich keine Lust zum Sprechen habe, schreibe ich eine kurze Antwort zurück:

ICH BIN AUF DEM HEIMWEG, HAB KEINE LUST MEHR ZUM BUMMELN. REDEN SPÄTER! BUSSI LENA

Ich laufe zum Parkhaus Neue-Mitte und fahre dann mit meinem kleinen Flitzer direkt nach Hause. Zu Hause ist derzeit noch niemand. Timo und Inga sind noch in der Schule. Timo ist neunzehn Jahre alt. Er besucht die Fachoberschule und macht in diesem Schuljahr sein Vollabitur. Inga ist siebzehn Jahre alt, sie besucht ebenfalls die Fachoberschule. Aktuell ist sie in der Elften Klasse. Schulisch sind meine beiden, nach Jahren, in denen es heiß herging, jetzt sehr selbstständig. Da beide heute Mittagsschule haben, gibt es für mich zum Mittagessen nur ein Brot. Dazu mache ich mir noch eine Tasse Tee.

Ich sitze gemütlich im Wohnzimmer, denke über das Geschehene nach, im Speziellen über dessen Bedeutung für mich. Während mein Blick durch den Raum schweift, bemerke ich, wie altbacken unser Wohnzimmer aussieht. Altbacken und farblos, genauso wie ich mich bisher gefühlt habe. Würde ich meine Freundin Tina fragen, ob der Eindruck stimmt, würde sie mir sofort zustimmen. Ihre grundlegende Ehrlichkeit schätze ich sehr, sie kann jedoch manchmal schmerzhaft sein.

Meine Gedanken kreisen um mich. Wie unsere Möbel habe auch ich an Glanz verloren. Unser Sofa zum Beispiel ist zwar farblos, bequem und dennoch praktisch, aber nicht mehr das neueste Modell. Alles wirkt etwas überfüllt - so wie ich - nicht nur das ganze Zimmer, eigentlich die ganze untere Wohnung. Als die Kinder klein waren, waren die Möbel, das ganze Wohnzimmer, die Wohnung darauf abgestimmt, zweckdienlich zu sein. So auch ich. Ich habe mich echt gehen lassen, trage nur noch praktische und bequeme wallende Kleidung. Aktuell wiege ich stolze dreiundsiebzig Kilogramm bei einer Größe von hundertfünfundsechzig Zentimetern, habe lange braune Haare, die bis zur Rückenmitte reichen. Ich bin eher phlegmatisch, stets ein Opfer der Umstände. Die Begegnung heute arbeitet in mir, dabei merke ich, wie ähnlich ich doch meinem Opa bin. Ebenso wie er unternehme ich nichts gegen die Unzufriedenheit in mir. Ich betäube sie anstatt mit Alkohol mit Süßigkeiten. Wie er habe ich bisher für mein Tun keine Verantwortung übernommen. Denn ich bin es, die seit ihren Schwangerschaften fünfzehn Kilogramm zu viel und bis heute nichts dagegen unternommen hat. Stets habe ich eine Ausrede parat, um naschen zu können. Früher waren es die Kinder, die nicht durchgeschlafen haben. Für das ständige Aufstehen in der Nacht, das mich eine Menge an Energie gekostet hat, musste tagsüber ein Ausgleich her. Sei es nun Schokolade, Gummibärchen oder Kuchen, schließlich hatte ich es mir ja verdient. Heute sind es die Kollegen, die mich ärgern, oder der Stress im Büro, für den ich einen süßen Ausgleich brauche.

Kapitel 5.a Entrümpeln

Ich habe Lust auf Veränderung. Dieser Gedanke lässt mich nun nicht mehr los. Jetzt oder nie, deshalb beginne ich gleich das Wohnzimmer auszuräumen. Weg mit altem Ballast! Alles direkt in unseren Anhänger, damit ich es in den nächsten Tagen entsorgen kann. Ich bin den ganzen Nachmittag damit beschäftigt, trotzdem fühlt es sich so richtig gut an. Mit jedem Teil, das das Haus verlässt, fühle ich mich leichter, bin stimmiger in mir. Als um 17:30 Uhr die Kinder nach Hause kommen, sind beide sehr überrascht, mich so werkeln zu sehen.

„Mami, alles okay mit dir? Du sammelst doch sonst lieber Dinge, anstatt etwas hinauszuwerfen, trotzdem machst du heute einen glücklichen Eindruck dabei." Timo scheint sichtlich erstaunt.

„Ja, alles in Ordnung. Macht euch keine Gedanken. Es ist an der Zeit, Veränderungen anzugehen und Verantwortung dafür zu übernehmen."

Timo und Inga schauen mich zwar etwas entgeistert an, sind aber beruhigt, da ich glücklich bin. Meine Kinder spüren oft, wie es mir geht, ohne dass ich etwas sage oder sie mich sehen. In gleicher Weise ist es umgekehrt genauso. Heute wird mir wieder einmal bewusst, wie sehr mir meine Kinder ähnlich sind.

Da ich mich heute so gut fühle, sogar ausgelassen bin, machen die zwei auch einen ganz zufriedenen Eindruck. Ist das schön!

Denselben entgeisterten Ausdruck im Gesicht wie die Kinder hat auch Klaus. Er benutzt sogar fast die gleichen Sätze, mit denen er mich begrüßt.

„Hallo, Schatz, alles okay bei dir? Bist du dir sicher, dass du dich von den Dingen hier trennen möchtest? Das ist so gar nicht deine Art!"

„Hallo, Klaus, nicht nur ich trenne mich von den Sachen, sondern notgedrungen auch du!"

Er schmunzelt, an seiner Stirn kann ich ablesen, was er denkt: Wird auch langsam Zeit, dass der alte Plunder rauskommt!

Die wohnliche Veränderung ist schon ganz lange immer wieder ein Streitthema. Ich dachte bisher immer, es hat Zeit, ich warte, bis die Kinder aus dem Haus sind; wenn ich ehrlich bin, habe ich bis dato den Aufwand gescheut.

„Ich hab schon einiges im Anhänger, vielleicht können wir die nächsten Tage zum Recyclinghof fahren, ich denke, da kommt noch mehr zusammen. Ich würde gerne die ganze Wohnung entrümpeln, Platz schaffen für Neues."

„Hört sich gut an, Lena! Ich wäre dann auch gleich noch für neue Möbel im Schlafzimmer, Wohnzimmer und Büro, falls du so weit gehen möchtest. Das könnte doch unser gemeinsames Weihnachtsgeschenk sein?"

„Einverstanden, ich werde Tina um Hilfe bitten. Die hat einen tollen und extravaganten Geschmack."

„Ja, mach das. Ich habe zwar keine Ahnung, was heute mit dir passiert ist, mein Schatz, aber die Lena, die jetzt vor mir steht, hat wieder Lebensgeist und sprüht vor Energie. Das ist einfach herrlich!"

„Ach, ich hatte heute Morgen schon tiefgründige Einblicke in meine Vergangenheit und in meine Psyche. Diese Eindrücke scheinen Veränderungen hervorzurufen, die einfach nur gut tun."

Klaus grinst zufrieden, fragt nicht genauer nach und scheint sich keine weiteren Gedanken zu machen. Nachdem er umgezogen ist, packt er mit an. Das Erlebnis heute behalte ich erst einmal für mich.

Kapitel 5.b Neues

Die nächsten Wochen vergehen wie im Flug. Tina ist begeistert, sich in unserer Wohnung austoben zu können. Es ist ihr absolutes Hobby, sich mit Inneneinrichtung zu beschäftigen, dafür besitzt sie wahrhaft ein goldenes Händchen. Tina ist eine alte Schulfreundin von mir, eigentlich heißt sie Martina Martin, nur Tina Martin hört sich für sie besser an. Unsere Freundschaft ist in gleicher Weise auf Respekt und Toleranz begründet. Sie lässt jedem seine Freiheit, sich um sein eigenes Leben zu kümmern. Wir sind gemeinsam durch viele Höhen und Tiefen gegangen. Die einzige Zeit, die wir uns aus den Augen verloren haben, war die Zeit zwischen dem achtzehnten und fünfundzwanzigsten Lebensjahr. Danach haben wir unsere Freundschaft intensiviert, ohne dass wir permanent zusammen waren. Dennoch haben wir immer die Gewissheit, dass da jamand ist, der sofort ohne Wenn und Aber helfen würde. Sie hat ein unglaubliches Gespür für Schönes. Mit ihren kurzen dunkelblonden Haaren, ihren mandelförmigen Augen, ihrer vollschlanken Figur und ihrem exquisiten Kleidergeschmack ist sie unglaublich attraktiv. Wenn man mich nach einer

Kurzbeschreibung fragen würde, wäre die Antwort: Vollweib mit Klasse.

„Alles okay mit dir, Lena?"

Oh, mein Gott, wie armselig, wie schwerfällig muss ich die letzte Zeit daher gekommen sein, wenn mir alle die gleiche Frage stellen!

Sie scheint die ganze Sache gar nicht zu verwundern, es macht eher den Eindruck, als ob diese Veränderung in ihren Augen schon längst überfällig gewesen wäre. Ihre nächste Frage ist sogleich: „Welches Zimmer zuerst? Tipp von meiner Seite, welcher Bereich bedarf denn dringend einer Veränderung?"

Mit dieser Frage hat sie, ohne es zu wissen, ins Schwarze getroffen, denn diese Frage habe ich mir auch schon gestellt. Deshalb kommt mir zuerst das Schlafzimmer in den Sinn, und wir beschließen, dort den Anfang zu machen. In diesem Bereich brauchen wir unbedingt einen Tapetenwechsel, denn mein Sexleben liegt schon eine Weile brach. Gesagt, getan. Zuerst einen neuen Teppichboden aussuchen, dann die passenden Tapeten dazu und zum Schluss die Möbel von Ikea. Der Startschuss war gefallen, es gab kein Zurück mehr. Die alte Horrorvorstellung eines blau-braunen Schlafzimmers musste einem weißen Traum mit einem gigantischen Himmelbett weichen. Der neue deckenhohe Schlafzimmerschrank wurde zu zwei Drittel von Klaus in Anspruch genommen, das letzte Drittel ist vollkommen ausreichend für mich. Jetzt bleibt nur noch abzuwarten, ob die Veränderungen im Schlafzimmer Auswirkungen zeigen werden.

Für das Wohnzimmer haben wir erdfarbene Töne und *Ikeas Hemnes* Möbel in Schwarzbraun ausgesucht. Durch den vorhandenen Parkettboden musste dann nur noch ein großer Läufer unter den Tisch. Momentan bestimmt noch die Weihnachtsdekoration den Flair des Zimmers, aber wir haben bereits passende neue Accessoires in Weiß und Apfelgrün gekauft, die dann nach Weihnachten zum Einsatz kommen.

Kapitel 6. Von klein bis groß

Gestern sind wir nun nach vier Wochen intensiver Arbeit nach Feierabend, inklusive einer Woche Resturlaub von Klaus, endlich fertig geworden. Mit dem kleinen Büro wollen wir noch warten. Eins nach dem Anderen, wir haben ja Zeit. Klaus war noch kurz mit mir auf dem Weihnachtsmarkt. Sonntagabend leider eine sehr schlechte Idee. Es war nur ein Schubsen und Drücken, ein lästiges Gedränge. Aus diesem Grund sind wir ziemlich schnell wieder nach Hause gegangen. Auf dem Heimweg ist Klaus noch eine superschöne blaugraue Jacke im ‚*James-Bond-Stil*' aufgefallen. Als Überraschung zu Weihnachten möchte ich ihm heute diese Jacke in Ulm kaufen. Ich weiß, dass er sie geschäftlich nicht tragen kann, als Geschäftsstellenleiter einer kleineren Filiale ist Klaus stets mit Anzug und Krawatte unterwegs. Allerdings ist eine Überraschung doch immer wieder etwas Schönes, vor allem, wenn man weiß, wie sehr ihm die Jacke gefallen hat. Klaus sieht tatsächlich etwas aus wie Daniel Craig, er zieht ständig die Blicke der Frauen auf sich. Kurz vor dem Losgehen ist mir meine letzte Begegnung mit Costus wieder in den Sinn gekommen. Wie viel sich seitdem verändert hat! Zuerst einmal habe ich tatsächlich keine

Verfolgungsalpträume mehr. Anfänglich hatte ich mich noch gefragt, woher Costus das wusste. Dann wurde mir aber klar, dass es ja meine Seele ist, die träumt. Ich fühle mich seither lebendiger, habe in den letzten Wochen ohne großes Zutun drei Kilogramm abgenommen und habe wieder Freude an Neuem. Ich fühle mich wesentlich jünger als Mitte vierzig. Ich nehme mich stimmiger wahr, ich habe das Gefühl, ich kann spüren, wie etwas in mir wieder heil ist, etwas, das ich schon sehr lange vermisst habe.

Ich gehe noch einmal zum Weihnachtsmarkt. Mir ist gestern in dem Gedränge ein Stand aus dem Erzgebirge aufgefallen, der die verschiedensten Räuchermännchen, Weihnachtspyramiden und vieles mehr verkauft. Eigenartigerweise hatte der Stand auch eine einzelne Matroschka-Puppe, die mir ins Auge gestochen war. Die ganze Nacht hat mich dieses Phänomen beschäftigt, eventuell habe ich mir das Ganze auch eingebildet. Eigentlich hat eine russische Matroschka-Puppe nichts mit dem Erzgebirge zu tun. Auf jeden Fall möchte ich der Sache nochmals nachgehen. Die Jacke ist schnell gekauft, Umtauschgarantie ist auch darauf, jetzt kann ja nichts mehr schiefgehen. Nach langem Suchen in den vielen Gassen finde ich endlich den Stand aus dem Erzgebirge wieder.

Kapitel 6.a Und von groß bis klein

Der Stand bietet Weihnachtspyramiden in jeder Größe an, ebenso Räuchermännchen in allen Farben und Formen. Ich spiele mit dem Gedanken, eine Weihnachtspyramide für Kai-Uwe zu erwerben, denn dieser liebäugelt schon seit Jahren, mit einer solchen Pyramide. Bestimmt vergisst er es auch dieses Jahr wieder. Kai-Uwe ist unser Trauzeuge, wohnt allerdings mittlerweile in Frankfurt. Wir treffen ihn nur sporadisch und dann ist es immer so, als ob wir uns erst gestern gesehen hätten. Ich erwerbe eine kleinere Weihnachtspyramide. Damit ihr nichts passiert, lasse ich sie gleich weihnachtlich und bruchsicher einpacken. Beim Warten entdecke ich tatsächlich erneut die einzelne rot-gelb-grüne Matroschka-Puppe, die mir bereits gestern aufgefallen ist. Ich frage, ob sie zu kaufen ist. Nachdem der Händler nickt, bitte ich ihn, sie mir genauer anschauen zu dürfen. Zwischenzeitlich ist am Stand immer mehr los, denn eine Horde Schüler, obendrein eine ‚Rentnergang', scheint heute den Weihnachtsmarkt zur Mittagspause als Ausflugsziel auserkoren zu haben. Beim Betrachten der Puppe kommt eine Erinnerung an meine Großmutter väterlicher Seite in mir hoch. Ich könnte jetzt wetten, meine Oma hatte genau die gleiche Matroschka-Puppe.

Im nächsten Augenblick fasst jemand meine linke Hand, und ein mir bereits vertrauter Zoomblickwinkeleffekt, der Zeitraffer, das volle komplette Programm, sowohl mit der Übelkeit und dem legendären Schwanken, als auch der Kälte, setzt ein. Am Rande bemerke ich noch die blauen Augen des mir bekannten älteren Herrn. Als ich wieder fest auf dem Boden stehe, blicke ich wieder einmal in Costus' himmelblaue Augen. Das tiefe Gefühl von Geborgenheit und gleichzeitigem Vertrauen stellt sich wieder ein. Ohne Angst blicke ich mich um, um zu sehen, wo ich nun dieses Mal gelandet bin. Wir stehen vor einem Mehrfamilienhaus der Nachkriegszeit. Es macht den Eindruck eines Plattenbaus irgendwo in Süddeutschland. Den Ort kann ich nicht richtig ausmachen. Vor dem Haus beobachten wir eine Szene, die sich vor der Tür im Freien abspielt. Eine Frau um die Dreißig scheint auf jemanden zu warten. An ihrer Seite ihre beiden Söhne von etwa zwölf und vierzehn Jahren. Auch dieses Mal kommen mir alle Teilnehmer bekannt und außerdem sehr vertraut vor. Besonders der jüngere der beiden zieht meine ganze Aufmerksamkeit auf sich. Da wir alle am Warten sind, frage ich Costus: „Was machen wir hier?"

„Wir beobachten kurz die Szene, danach geht es unmittelbar weiter."
Er schenkt mir einen aufmunternden Blick. Ich signalisiere mit einem Kopfnicken, das das für mich so in Ordnung ist, als sich in der Szene etwas tut.
Ein Mann kommt Händchen haltend mit einer Frau um die Ecke. Er blickt seine Begleiterin recht verliebt und auch vertraut an. An der anderen Hand hält er ein kleines Mädchen. Beim Aufblicken bemerkt er sichtlich erschrocken die Frau mit den Jungen. Außer sich fragt er die Frau in einem bösartigen Tonfall:
„Was wollen du und die Buben hier, warum seid ihr nicht drüben im Grenzgebiet der DDR geblieben, wie ich es dir geschrieben habe? Mein Gott, ich habe es dir doch ganz deutlich geschrieben, dass ihr bei deiner Mutter in Leipzig bleiben sollt. Ihr seid hier ein Flüchtlingspack, ich will nichts mehr mit euch zu tun haben, ich habe jetzt ein neues Leben."
Er scheint in Erklärungsnot gegenüber den beiden Frauen, besser gesagt den beiden Familien zu sein. Schlagartig wird mir klar, wer das hier ist. Ich beobachte das Geschehen ohne Kommentar weiter.
Der jüngere der Jungen nimmt seine Mama beim Arm, dabei sagt er ganz trocken:
„Komm, Mama, der Papa hat eine neue Familie und jetzt endlich eine kleine Tochter." Alle drei sind den

Tränen nahe. Die Mutter kann noch nicht fassen, was hier eben passiert ist. Es fließt aber keine Träne, denn das letzte bisschen Würde, dass vorhanden ist, will sie sich bewahren. Ich kann fühlen, wie viel Kraft sie das kostet. Ebenso wenig weint der ältere der Buben. Ich spüre, wie er genau jetzt einen abgrundtiefen Hass gegen seinen Vater aufbaut, der wahrscheinlich für immer bestehen bleiben wird. Der Jüngere, obwohl so tapfer, gibt sich wie selbstverständlich die Schuld an der Situation. Ich nehme wahr, wie er sich ganz bereitwillig in die Opferrolle begibt. Er allein trägt die Schuld, weil er nicht wie vom Vater gewünscht eine Tochter wurde, sondern nur ein Sohn. Auch war es sein Wunsch, heute nach seinem Vater zu sehen. Jetzt ist es für ihn eindeutig, er hat Schuld am Untergang dieser Ehe. In mir tut sich ein tiefer Graben mit Gefühlen auf, da mir klar wird, dass der kleine Junge mein Papa ist. Ich hatte ihn nicht gleich erkannt, da ich bis dato nur Fotos von meinem Papa ab seinem neunzehnten Lebensjahr gesehen hatte. Ich spüre, wie ihn diese Last unglaublich niederdrückt. Mir ist dieses Gefühl doch mehr als bekannt, denn genau dieselbe Empfindung hatte ich, als sich meine Eltern damals trennten.

Der bekannte Zoomblickwinkeleffekt, inklusive Zeitraffer, erfasst mich und transportiert mich weiter, in einen Schulhof. Das muss eine Schule in Ulm sein, denn in der Ferne kann ich das Ulmer Münster erkennen. Ein paar Jungen im Alter von sechzehn Jahren streiten augenscheinlich miteinander. Sie scheinen sich zu fünft gegen einen verschworen zu haben. Ich bemerke eine zerborstene Fensterscheibe am Schulgebäude. Ich erkenne meinen Papa wieder, der da steht und die wilden Beschimpfungen einfach über sich ergehen lässt. „Der Hurenflüchtling war es." Er steht nur da, wehrt sich nicht, lässt sich alles gefallen. Da ich gleichzeitig die Wahrheit in ihm sehe, weiß ich, dass er nicht für die Fensterscheibe verantwortlich ist, er hatte nicht mal mitspielen dürfen. Genauer gesagt hatten die Jungen versucht, ihn mit dem Ball zu treffen.

Erneut werde ich aus dieser Situation herausgezogen, und in eine Neue hineintransportiert. Wieder dreht es sich um meinen Vater. Dieses Mal hält er seinen Kopf für seinen Sohn (meinen Bruder) hin, der Mist gebaut hat. Anscheinend opfert sich mein Vater gerne für andere. Dumm daran ist nur, dass ich diesen Wesenszug kenne, denn er macht mich ebenso aus, wie ihn.

Mit dem Wahrnehmen dieser Erkenntnis setzt der Zeitraffer ein, der Schwindel, die Übelkeit, die Kälte, erneutes Schwanken, Zoom und weg. Schwups, wir sind wieder zurück auf dem Weihnachtsmarkt. Nur dieses Mal ohne Seelensplitter, dafür mit vielen Eindrücken. Costus hält mich immer noch fest. In mir brennen wieder viele Fragen. Ich kaufe, ohne weiter nachzudenken, die Matroschka-Puppe, die ich immer noch in Händen halte, die mich unwahrscheinlich fesselt und regelrecht magisch anzieht.

Kapitel 6.b 2. Seelensplitter: Schuld

„Wie wäre es mit einem Cappuccino im *Kaffeehäusle Kammerzelt*? Hast du Lust und Zeit, Costus? Heute übernehme ich die Rechnung."

„Gerne, das brauchst du mir nicht zweimal zu sagen", gibt er mir zwinkernd und sichtlich erfreut zur Antwort.

Wir gehen quer über den Weihnachtsmarkt in Richtung Kaufhaus Abt, dann ein Stück die Platzgasse entlang und bei nächster Gelegenheit rechts in die Kohlgasse. Jetzt sind es nur noch ein paar Meter. Wir betreten das Café. Obwohl die Szene von eben noch auf mir lastet, bemerke ich die Details des Cafés. Es wirkt rustikal und edel zugleich. Die rustikale Note ergibt sich durch die freigelegten Backsteinziegel. Die Rottöne an der Decke unterstützen diesen Eindruck, ein wahrer Hingucker jedoch sind die weißen Holzstühle mit der roten Polsterung. Wir ergattern im hinteren Erker meinen Lieblingstisch im Wintergarten, mit Blick auf den Innenhof und auf das Ulmer Münster. Es riecht nach Kaffee und nach dunkler Schokolade. Im Hintergrund läuft dezent weihnachtliche Jazzmusik. Außer gutem Kaffee gibt es hier auch leckere Panini. Wir bestellen jeder zu unserem Cappuccino gleich noch je ein Glas Wasser

dazu. Wir sitzen ganz allein da hinten, ich auf der kleinen Bank, Costus auf einem der rot gepolsterten Stühle. Wir haben es uns gemütlich gemacht, jeder von uns scheint seinen eigenen Gedanken nachzuhängen. Noch immer halte ich die Matroschka-Puppe in Händen, sie nimmt mir eigenartigerweise die Angst. Denn ich bin mir sehr unsicher, ob ich vielleicht etwas falsch gemacht habe, da wir dieses Mal aus dem Abenteuer *ohne* Seelensplitter zurückgekommen sind. Der Cappuccino kommt, außergewöhnlich heiß, genauso wie ein richtiger italienischer Cappuccino sein sollte. Sein Geschmack ist sehr intensiv, ein leicht schokoladiges Aroma, nur ist heute der Milchschaum etwas zu wenig. Da der Chef nicht selbst den Cappuccino zubereitet hat, gehe ich davon aus, dass die Servicekraft noch am Üben ist. Schade, denn ich hätte gerne länger Costus' verzücktes Gesicht beim Löffeln seines Milchschaumes angeschaut!
Mein Blick schweift erneut zum Ulmer Münster, wie viel wohl dieser Bau schon miterlebt hat? Als ob Costus meine Gedanken lesen kann, antwortet er:
„Beeindruckend von hier aus das Münster, es wirkt bedrohlich, massiv, dennoch strahlt es eine unglaubliche Ruhe aus. Wahrscheinlich hat es schon viele Familienschicksalsschläge mit angesehen. Wenn

es sprechen könnte, würde es vermutlich Jahrhunderte lang erzählen können. Nun zu dir, liebe Lena! Du hast nichts falsch gemacht. Womit wir schon zu unserem Gesprächsthema kommen, es geht über Schuld und Schuld."

„Was meinst du damit?" Ich bin sichtlich erleichtert, dass mich anscheinend keine Schuld trifft, dass ich den Seelensplitter nicht mitgebracht habe.

„Genau das meine ich", antwortet er.

Ich bin verwirrt und irritiert zugleich, dass er das jetzt weiß. Kann er Gedanken lesen?

„Was hast du bei diesem Erlebnis wahrgenommen?", fragt er, ohne zu zögern.

Ich muss kurz nachdenken, denn mir fehlen die Worte um alles richtig auszudrücken. Es fällt mir schwer meine Empfindungen und gleichzeitig meine Gedanken in Worte zu fassen. Costus scheint meine Unsicherheit zu spüren. Deshalb beginnt er, mir die Situation zu erklären.

„Lena, ich kann bis auf den Grund deiner Seele sehen, spüre, dass du dich immer wieder für alles schuldig fühlst, was deiner Meinung nach falsch läuft. Überdies weiß ich, dass du bis heute deinen Vater für schwach, und dich für viel stärker gehalten hast. Im Übrigen ist mir auch durchaus bewusst, dass du dir unter anderem die Schuld an der Trennung deiner

Eltern gibst, beziehungsweise gegeben hast. Jedoch ist Schuld nicht gleich Schuld. Es gibt Schuld, für die wir die Verantwortung tragen müssen, da wir sie tatsächlich verursacht haben. Zum Beispiel, wenn du eine Tasse runterwirfst, dann ist klar, du hast sie zerbrochen und musst auch für den Schaden aufkommen.

Im Gegensatz dazu gibt es auch Schuld, für die wir nichts können, wie z. B. die Scheidung oder Trennung der Eltern. Das hängt von so vielen Faktoren ab: Es kann daran liegen, dass eines der Elternteile sich in dieser Ehe nicht mehr wohl fühlt, einer nie gelernt hat, eine Partnerschaft zu führen, einer oder eine sogar fremdgeht. Das wiederum haben sie vielleicht auch nie anders erlernt, denn bereits die Eltern, Großeltern, Urgroßeltern und so weiter, haben nie gelernt, wie man eine Ehe oder eine Beziehung führt. Das geht dann meist über viele Generationen hinweg. Nun kannst du sicherlich verstehen, dass es unmittelbar nichts mit dem Kind zu tun hat. Dennoch übernimmt ein Kind unbewusst diese Schuld, weil es der Meinung ist, es besser tragen zu können. Jedes Kind möchte meist mindestens ein Elternteil vor dem Schmerz schützen."

Unbewusst habe ich angefangen, die Matroschka-Puppe auseinanderzunehmen, dabei höre ich gebannt weiter zu.

„Aus Liebe zu einem der Elternteile übernimmt ein Kind diese Schuld, es trägt diese Schuld gerne. Auch dieses Verhalten wird von Generation zu Generation weitergegeben, manch einer nennt es Opferhaltung. Diese Kinder wehren sich nicht gerne, sie erdulden lieber die Demütigung. Es ist diesen Kindern kein Vorwurf zu machen, denn sie gehen in diese Haltung, weil sie es nicht anders gelernt haben - sie tun es aus reiner Liebe zu all denen, die es vor ihnen bereits auch getan haben. Es ist kein bewusstes Handeln."

„Und was kann das Kind, besser gesagt ich, dagegen tun?"

Wie zuvor habe ich mich wieder einmal in seiner Erzählung erkannt, ohne mich verletzt zu fühlen. Mittlerweile befindet sich nur noch die vorletzte Matroschka-Puppe in meiner Hand, und mir wird klar, dass ich hier ein Symbol für Generationen in Händen halte.

„Indem man voller Dankbarkeit dieses Verhalten bei seinen Vorfahren lässt", antwortet er sehr sachlich.

„Das heißt, wenn ich meinem Papa, meiner Oma, meinem Uropa, dankbar bin, hört das auf, Costus?"

„Ja, Lena! Dazu müsstest du sie dir alle vorstellen und dich bei ihnen bedanken, genau in dieser Reihenfolge, die du eben genannt hast. Es scheint, als ob du schon wüsstest, wer von euch immer diese Haltung hatte. Möchtest du das jetzt machen?"

Ich nicke, dabei stelle ich sie mir alle vor. Costus flüstert mir zu und ich wiederhole seine Worte:

„Ich bin voller Dankbarkeit und Achtung für eure Haltung im Leben. Die Rolle des Opfers ist auch mir mehr als bekannt."

In diesem Moment wird es mir noch schwerer ums Herz, meine Augen füllen sich voller Tränen, ich kann Costus nicht mehr hören, deshalb spreche ich ohne seine Anweisungen weiter.

„Jedoch durfte ich heute erkennen, dass wir alle diese Rolle immer gerne eingenommen haben. Ihr alle, die ihr vor mir diese Rolle aus Liebe übernommen habt: Ich bin euch von ganzem Herzen dankbar. Ich achte euch, euer Leben, euer Schicksal, es gehört zu euch und soll auch eures bleiben!"

Mit dem Aussprechen dieses Satzes erfasst mich ein tiefer Atemzug, ich habe das Gefühl, mir den Atem des Lebens zu holen. Ich fühle mich um so viel leichter.

Automatisch bin ich mit dem Auspacken bei der letzten Matroschka-Puppe angelangt. Als ich nun die

Puppe aufmache, entdecke ich dort meinen Seelensplitter. Er wirkt derart zerbrechlich, so zart, bezaubernd und formvollendet, er glitzert leicht weißlich. Sanft halte ich ihn in meiner Hand. Bei seinem Anblick und nach den gesprochenen Worten laufen mir Tränen voller Dankbarkeit die Wangen herunter. Auch dieser Splitter dringt in mich ein und scheint wie von selbst seinen Platz zu finden. Ein Gefühl der Zugehörigkeit, des Vertrauens in mich, der Kraft, des Ich-Seins durchströmt mich. Ich fühle mich unglaublich erleichtert, erneut erfüllt mich ein Gefühl der Freiheit, genau wie beim letzten Mal.
Ich nicke Costus dankbar zu.
„Gut gemacht, Lena, jetzt muss ich allerdings aufbrechen. Wir sehen uns zu gegebener Zeit wieder. Du machst deine Sache richtig gut, ich bin sehr stolz auf dich."
In dem Moment, als ich etwas erwidern möchte, klingelt wieder mal mein Handy. Bis ich es aus meiner Handtasche heraus gefischt habe, hat es aufgehört zu klingeln, obendrein ist auch Costus weg. Mist, denke ich, ich wollte ihn doch noch unbedingt etwas fragen. Ich bezahle und mache mich danach um einiges leichter mit der Weihnachtspyramide und der Matroschka-Puppe auf den Heimweg. Ich muss mir unbedingt die Fragen aufschreiben.

Kapitel 7. Daheim

Zu Hause angekommen notiere ich mir erst einmal die beiden Fragen, die mir wichtig waren, in ein kleines Büchlein:

1. Wie ist der Seelensplitter in die Matroschka-Puppe gelangt, denn die kleinste fehlte? (Wobei ich schon ungefähr eine Vorstellung davon habe, sehr wahrscheinlich hat Costus nachgeholfen).

2. Hat das Aufgeben der Opferhaltung auch Auswirkungen auf meine Kinder? (Was in die eine Richtung geht, sollte womöglich auch in die andere funktionieren, oder?)

Da heute Montag ist, bin ich jetzt erst einmal noch für die nächsten zwei Stunden allein. Genügend Zeit, um mir über mein Leben Gedanken zu machen. Dabei stelle ich fest, dass sich meine Gedankenwelt verändert hat. Meine Überlegungen gehen in eine neue Richtung, ich überdenke, was ich alles anders machen könnte. Früher habe ich mir immer überlegt, was sich verändern müsste oder wie sich die anderen verändern müssten, damit es mir gut geht. Jetzt wird mir bewusst, dass ich die Veränderung für mein Leben selbst in der Hand habe.

Der Anrufbeantworter blinkt und ich höre die Nachricht ab; dabei bin ich weniger begeistert. Denn Herr Müller, mein Chef, hat eine Nachricht hinterlassen. Petra Frank, meine Kollegin, hat sich für heute krankgemeldet, jedoch seien die Gehaltsabrechnungen noch nicht ganz fertig und es wäre sehr nett, wenn ich einspringen könnte. Frau Weinberg hänge in einer Unstimmigkeit der Abrechnung fest, daher benötigt sie meine zusätzliche Unterstützung. Dafür dürfte ich im Anschluss an meinen Urlaub im Januar gleich die Hälfte meiner Überstunden nehmen, falls ich dies möchte.

Jetzt fällt mir auch wieder der Anruf mit dem Vermerk ‚unbekannt' auf meinem Handy ein. Ich sehe gleich nach und bemerke, dass ich eine Nachricht auf der Mailbox habe. Carola Weinberg, meine Kollegin, bittet mich darum, ihr zuliebe heute einzuspringen, da in der Lohnabrechnung ein Fehler aufgetaucht ist und sie die Ursache dafür nicht finden kann.

Da wir den 21. Dezember haben, muss die Abrechnung heute Abend komplett fertig sein, damit das Gehaltsprogramm spätestens morgen durchlaufen kann. Ansonsten bekommen alle ihr Gehalt wegen der Feiertage um einiges später ausbezahlt. Ich schreibe den Kindern noch ein paar Zeilen, damit sie wissen,

was los ist. Klaus schreibe ich eine SMS, denn ich mag ihn während der Arbeit nicht unbedingt stören.
Prompt bekomme ich die Antwort:

„DU BIST EINFACH ZU GUTMÜTIG. BIS SPÄTER SCHATZ, LASS DIR RUHIG ZEIT!"

Ein bisschen stinkig bin ich schon, denn ich habe seit drei Jahren zum ersten Mal vor Weihnachten frei. Diese drei Tage musste ich mir seit Oktober schwer erkämpfen. Petra war es, die unbedingt ihren Resturlaub an diesen Tagen nehmen wollte. Ein ‚Schelm', wer da Böses denkt, da sie jetzt ausgerechnet an diesem Tag krank ist.

Kapitel 7.a Beginn der Veränderung

In weniger als fünfzehn Minuten bin ich im Geschäft. Ich arbeite in einer größeren Baufirma in Neu-Ulm. Neu-Ulm und Ulm werden lediglich durch die Donau voneinander getrennt. Das eine Ufer ist Baden-Württemberg, das andere ist Bayern.

Carola ist sichtlich erleichtert, als ich da bin. Sie ist auf Fehlersuche und voll konzentriert. Wir nicken uns nur kurz zu. Ich weiß, dass sie alles daran gesetzt hat, mich in meinem Urlaub nicht zu stören, denn wir haben viele Jahre immer reibungslos zusammen gearbeitet. Im Juli hat sich Carola auf die Stelle der Assistentin der Geschäftsleitung bei unserem Seniorchef beworben, die sie nun ab Januar bekommt. Schon seit Oktober wird sie dort immer wieder halbtags eingearbeitet, während sie gleichzeitig bei uns die ‚liebe' Petra einarbeitet. Da ich Freitag noch alles gut vorbereitet hatte, ist für mich nur noch die Abrechnung der Mini-Jobber zu machen, und das ist in drei Stunden wirklich gut zu bewältigen. Das Arbeiten mit Carola verläuft wie immer sehr ruhig und ist sehr angenehm. Während meine Mini-Jobber bereits durch das Abrechnungsprogramm laufen, sucht Carola immer noch den Fehler. Meine Gedanken schweifen ab zu der Zeit, als wir noch enger zusammengearbeitet haben. Es gab nie irgendwelche Schwierigkeiten oder gar Auseinandersetzungen, egal, wie viel Arbeit wir auch hatten. Carola ist kein Typ, der jammert. Egal, welche Art von Arbeit ansteht, sie packt auch ohne zu Fragen immer gleich mit an. Ihre direkte, bodenständige Art mag ich sehr, denn sie ist allzeit gut gelaunt und hat dabei für alles und jeden ein aufrichtiges und aufmunterndes Wort übrig. Sie ist stets sehr zuverlässig und zuvorkommend, ohne aufdringlich zu wirken. Sie erklärt jedem Mitarbeiter mit einer Engelsgeduld auch gerne zum zehnten Mal seine Abrechnung und bleibt dabei immer sachlich und freundlich. Sie kann Geschäftliches von Privatem gut trennen, was ich an ihr sehr schätze.

Kurz schaue ich zu ihr rüber: Sie hat eine große, schlanke Figur, ist achtundvierzig Jahre alt und ihre grau melierten Haare trägt sie kurz und frech. Zu ihrem Outfit wäre das passende Wort wohl ‚adrett', und ihr ganz eigenes Markenzeichen ist stets ein farblich abgestimmter Schal oder ein passendes Tuch. Wir hatten die letzten Jahre immer sehr viel Spaß bei der Arbeit und haben dabei unendlich viel gelacht. Dennoch haben wir unsere Arbeit durchgehend korrekt und zuverlässig erledigt. Außer in den Zeiten, in denen ich Carola wegen Krankheit vertreten hatte, musste ich eigentlich nie Überstunden machen. Ich mag Carola sehr, sie ist der Grund, warum ich bereits so lange in der Firma bin. Wir haben über die Jahre hinweg eine wunderbare Freundschaft aufgebaut.

Petra ist jedoch das absolute Gegenteil von Carola. Erst achtundzwanzig Jahre alt, blond, klein, durchgehend schlecht gelaunt, meist am Jammern, übermäßig hektisch und zu guter Letzt auch noch die zukünftige Frau unseres Juniorchefs. Sie macht nur das Notwendigste und hat keinerlei Durchblick, geschweige denn Fachkenntnis. Sie tritt dem größten Teil der Mitarbeiter arrogant entgegen, fast könnte man meinen, sie bezahlt von ihrem Gehalt die Löhne. Zur Chefetage ist sie stets überfreundlich und zuvorkommend. Da sie sich ständig selbst gut in Szene setzt, bekommt keiner ihre Fehler mit, die sie meist anderen in die Schuhe schiebt. In der Regel mir. Auch musste ich, seit sie da ist, immer wieder Überstunden machen. Nun habe ich so viele Überstunden wie noch nie.

Carola hat den Fehler, den Petra mal wieder blöderweise verursacht hat, gefunden und behoben. Auf alle Fälle sind wir beide pünktlich fertig und sichtlich erleichtert. Carola bietet sich an, die restlichen zwei Tage vor Weihnachten noch in der Lohnbuchhaltung zu bleiben. In der Chefetage wird sie im Moment nicht unbedingt gebraucht. So kann ich meinen Urlaub in Ruhe und ohne schlechtes Gewissen genießen, denn Petra hat mittlerweile eine Krankmeldung bis einschließlich 24. Dezember abgegeben.

„Carola, du bist einfach die Beste! Du kennst mich so genau und weißt, ich hätte vermutlich nachgegeben. Aber du wirst mir fehlen, denn ohne dich ist es hier nicht mehr das Gleiche. Ich vermisse schon jetzt den Bauchmuskelkater vom vielen Lachen. Sogar wenn wir nicht mehr unmittelbar zusammen arbeiten, bist du für mich ein täglicher Lichtblick."

Sie ist sichtlich gerührt.

„Ach, Lena, das ist so lieb von dir!" Sie drückt mich kurz und spricht weiter.

„Du hast dich die letzten Wochen sehr positiv verändert, du gefällst mir wieder besser, du scheinst neuerdings mehr Lebensmut zu haben, mach weiter so! Lasse die Vergangenheit ruhen! Bevor ich es vergesse, du sollst noch kurz zum Seniorchef reinschauen. Ich glaube, er möchte wissen, ob du nun deine Überstunden abbauen möchtest, und er wird sich sicherlich noch angemessen bedanken wollen", sagt sie und zwinkert mir dabei zu. Das Zwinkern bedeutet wahrscheinlich, dass wir wie immer den obligatorischen Weihnachtssekt bekommen, den jeder im Büro bekommt. Wir wünschen uns noch gegenseitig ein schönes Weihnachtsfest und einen guten Rutsch. Carola schlägt gleich noch ein privates Treffen für den 20. Januar beim Italiener vor und ich nehme an.

Auf dem Weg zur Chefetage schreibe ich noch eine SMS an Klaus, dass ich vorhabe, meine Überstunden im Januar abzubauen und mich noch kurz beim Chef in den Weihnachtsurlaub verabschieden möchte. Die Tür des Chefs ist leicht geöffnet, anscheinend führen die zwei Geschäftsführer gerade noch eine kleine, lautstarke Unterredung. Ich verlangsame meine Schritte und warte schließlich in angemessenem Abstand. Klaus schickt mir noch kurz einen Daumen hoch als Antwort auf meine SMS.

Vater und Sohn Müller haben beide ein extrem lautes Organ, daher bekomme ich mit, dass mein Name und der von Petra Frank fällt. Nun spitze ich doch meine Ohren, damit mir nichts entgeht. Ich kann nicht glauben, was ich höre. Der Juniorchef schlägt Petra für eine Gehaltserhöhung vor, denn ohne ihre ‚hervorragende Arbeit', ihren ‚steten Einsatz' wären Carola und ich heute mit Sicherheit nicht in der Lage gewesen, die anfallenden Arbeiten zu meistern. Der Seniorchef willigt tatsächlich zu einer Gehaltserhöhung ab Januar ein. Mir platzt die

Hutschnur. Ich warte, bis der Juniorchef das Zimmer verlassen hat, dann klopfe ich an. Kurz denke ich darüber nach, ob ich die Fakten auf den Tisch legen soll, entscheide mich aber dagegen. Petra hat eindeutig den Vorteil der Matratzengymnastik mit dem Juniorchef. In mir entsteht eine abgefahrene Idee. Ganz spontan entscheide ich mich für einen würdigen Abgang aus diesem Betrieb. Und gebe unserem Seniorchef gar nicht erst die Möglichkeit irgendetwas zu sagen. Ohne Umschweife komme auf den Punkt:
„Herr Dr. Müller, hiermit kündige ich termingerecht zum 31. Januar. Meine schriftliche Kündigung erhalten Sie in den nächsten Tagen auch noch zusätzlich per Einschreiben. Wie Sie bereits telefonisch versprochen haben, nehme ich im Januar von meinen hundertsechzig Überstunden die anfallenden achtzig Stunden für den ganzen Monat. Bitte veranlassen Sie über Frau Frank, dass mir meine restlichen Überstunden ausgezahlt werden! Ich bin mir sicher, dass Sie mit einer so hervorragenden Arbeitskraft wie Frau Frank auf mich nicht mehr angewiesen sind." Ich reiche ihm die Hand zum Abschied. Herr Dr. Müller ist sichtlich verdutzt und kann absolut nicht fassen, was hier gerade geschieht. Bevor er etwas erwidern kann, bin ich weg, und das ohne den obligatorischen Weihnachtssekt.

Kapitel 7.b Weitere Veränderungen

Ich habe keine Ahnung, was mich da gerade geritten hat. Sicherlich sind es die Auswirkungen von meinem Erlebnis mit Costus heute Morgen. Ich bin kein Opfer der Umstände mehr! Eines weiß ich sicher: Es fühlt sich unsagbar gut an, und ich bin unglaublich stolz auf mich. Seit über zwei Jahren nehme ich mir vor, zu kündigen, doch ich habe es nie übers Herz gebracht. Ich war leider viel zu gutmütig.

Ich fühle mich sagenhaft erleichtert, dabei ist mir noch ziemlich schleierhaft, wie Klaus darauf reagieren wird. Jetzt gehe ich erst noch kurz einkaufen. Auf eine halbe Stunde mehr oder weniger kommt es nun nicht mehr an.

Als ich in die Garage fahre, sehe ich schon Timo um die Ecke kommen. Er kommt um diese Zeit immer direkt vom Handballtraining. Im Dunkeln kann ich nicht direkt erkennen, was mit ihm los ist, mir fällt nur auf, dass sein Gesicht anders als sonst auf mich wirkt. Da Timo aber guter Dinge ist, denke ich nicht weiter darüber nach. Er hilft mir den Einkauf ins Haus zu tragen, danach geht er nach oben in sein Zimmer. Wir wohnen in einem Reihenhaus, den unteren Wohnbereich bewohnen Klaus und ich, er besteht aus Küche, Esszimmer, Wohn- und

Schlafzimmer, einem kleinen Büroraum, WC, darüber hinaus noch einem Badezimmer. Oben befinden sich zwei Kinderzimmer, ein Gästezimmer und ein Badezimmer mit einer separaten Toilette. Inga scheint in ihrem Zimmer zu sein, wahrscheinlich ist sie noch mit den Hausaufgaben beschäftigt. Klaus kommt mir entgegen und hilft mir, die Einkäufe wegzuräumen.

„Na, mein Schatz, wieder mal die Firma vor dem Untergang gerettet?", fragt Klaus lässig.

Ich mag seine ironische Art, sie macht es einem leichter, sich selbst nicht so wichtig zu nehmen. In dem Moment, als ich ihm erzählen möchte, was geschehen ist, kommt Timo ins Zimmer. Mit Entsetzen stellen wir beide fest, dass unser Sohn ein richtiges Veilchen am Auge hat. Vor lauter Schock darüber vergesse ich erst einmal, was ich sagen wollte.

„Mein Gott, was hast du gemacht, Timo?", frage ich.

Indes geht Klaus zum Kühlschrank, holt das gerade gekaufte Steak heraus und reicht es Timo:

„Hier, das hat mir auch immer geholfen", ist sein einziger Kommentar.

Timo legt das Steak aufs Auge, dabei lächelt er; unglaublich, dass er mit einem solchen Veilchen noch lächeln kann!

Voller Stolz verkündet er: „Ich habe ihn!"

„Hä?" An unseren Gesichtern kann unser Sohn anscheinend deutlich ablesen, dass wir gerade keine Ahnung haben, von wem oder was er da spricht.
„Ich hab' den Platz in der Mannschaft, das blaue Auge habe ich von einer kleinen Rangelei mit Mirco."
Er erscheint mir so stolz wie noch nie. Seine ganze Körperhaltung kommt mir verändert, fast fremd vor. Dennoch muss ich feststellen, dass es mir gefällt. Er steht absolut aufrecht mit komplett geradem Rücken da, keine hängenden Schultern mehr.
„Erst einmal: Wir sind superstolz auf dich! Um diesen Platz kämpfst du schon lange. Was ist denn genau passiert? Komm, lass uns hinsetzen, und erzähl uns alles in Ruhe!" Ich nicke Klaus zu, wie immer hat er mit seiner souveränen ruhigen Art die richtigen Worte gefunden.
„Nun, heute Mittag hat Mirco mich wie immer in der Mensa gehänselt, dass ich ja wohl nie einen Platz in der Mannschaft bekomme, da ich wie ein Mädchen spielen würde. Damit sei kein Blumentopf zu gewinnen, war seine Aussage. Das allein wäre ja nicht schlimm gewesen, als er mir dann allerdings ständig auf die gleiche Stelle am Arm eine drauf pfefferte, gingen mit mir plötzlich die Pferde durch. Ich habe ihn zurück auf den Arm geschlagen, danach fing er an zu schubsen, er dachte wohl, ich würde mich, wie

sonst auch, nicht wehren. Dann ergab das Eine das Andere und wir waren in einer kleinen Keilerei. Ich bin nicht besonders stolz darauf, allerdings habe ich dem guten Mirco so richtig einen mitgegeben. Danach war er absolut sprachlos, hat ein wenig gejammert, war jedoch ab diesem Zeitpunkt unglaublich freundlich zu mir. Könnt ihr euch das vorstellen? Er war freundlich!"

Wir schütteln beide den Kopf, ich muss mir das Grinsen verkneifen. Mein Sohn, der sich seit der fünften Klasse mit Mirco rumquält, hat sich endlich gewehrt. Am liebsten würde ich ihm auf die Schulter klopfen. Mirco ist ein Junge, der zu Hause immer alles darf. Er ist rücksichtslos, ein absolut verwöhntes Kind, das sich die häusliche Situation zu eigen gemacht hat. Er kann sich unglaublich gut in Szene setzen, ohne selbst Leistung bringen zu müssen. Er hat mit seinen neunzehn Jahren schon zwei Autos zu Schrott gefahren und das letzte Mal davon unter Alkoholeinfluss. Seine Eltern tun es als ‚dumme Jungenstreiche' ab. Danach bekommt er als armes Scheidungskind eben wieder ein Neues.

Timo ist vom Alkohol weniger begeistert, er trinkt ab und an ein Radler, was ihm vollauf reicht. Unser Sohn kommt von der Wesensart sehr nach mir, er ist gutmütig, zurückhaltend, gemütlich und wehrt sich nicht wirklich gegen Angriffe, egal ob verbal der tätlich. Wie oft haben wir ihm gesagt, er soll sich einfach mal wehren, auch gegen Mirco. Seit heute weiß ich, warum er es nie gemacht hat. Er war wohl bisher auch in der Opferrolle, wie ich.

Mit seinen einhundertdreiundachtzig Zentimetern ist Timo genauso groß und so sportlich wie sein Vater. Er hat meine schwarzen Haare, große braune Augen mit unglaublich langen Wimpern. Seine absolute Liebe gehört dem Handball. Seit Jahren sitzt er aber leider immer nur auf der Reservebank, denn sein Trainer sagt, ihm fehle der ‚Biss'.

Timo erzählt weiter: „Dann im Training hatte der gute Mirco, sowie der Rest der Truppe, nach diesem Gerangel viel größeren Respekt vor mir. Sie haben einen echten Bogen um mich gemacht. Dadurch konnte ich heute beim Probespiel am Schluss mal richtig Gas geben. Der Trainer war absolut begeistert und hat mich vor allen gelobt und darüber hinaus für das kommende Spiel aufgestellt! Also ab Januar darf ich immer fest mitspielen, kein Platz mehr auf der Reservebank! Na ja, nur noch bei eventuellen Verletzungen."

Ich erkenne meinen Sohn nicht wieder, er ist erfüllt mit soviel Leben und einer einzigartigen Begeisterung. Mir wird klar, dass ich Frage Nummer zwei streichen kann. Auch Klaus scheint sichtlich stolz auf seinen Sohn zu sein, denn er klopft ihm anerkennend auf die Schulter!

„Und eins noch!" Timo rümpft etwas die Nase, bevor er weiter spricht: „Der einzige Mist ist, dass in den nächsten Tagen ein Verweis mit der Post kommt, denn die Pausenaufsicht war leider bei der Balgerei anwesend."

Klaus schaut ihn aufmunternd an und sagt dabei: „Na, wenn das alles ist, Timo, das ist kein Beinbruch, okay?"

Timo schnauft sichtlich erleichtert durch, dabei macht er einen zufriedenen Eindruck. Mir wird klar:

Ich habe zwei tolle Männer zu Hause.

Kapitel 8. Prioritäten

Die Feiertage und der Jahreswechsel gingen unglaublich schnell vorbei. Mittlerweile haben wir Mitte Februar, meine Patentante Magdalena hat mich zum Kaffee eingeladen, daher bin ich auf dem Weg zu ihr. Weil es frisch geschneit hat, habe ich heute mal lieber den Bus genommen. Die Busfahrt dauert mindestens zwanzig Minuten, somit habe ich genügend Zeit, über die letzten Wochen nachzudenken. Klaus hatte meine Kündigung sehr gelassen aufgenommen.

Ganz salopp hat er zu mir gesagt:

„Okay, mein Schatz, ist vollkommen in Ordnung, du scheinst dich dort nicht mehr wohl gefühlt zu haben. Eigentlich wollte ich dir schon lange vorschlagen, dass du dir etwas anderes suchst. Ich hatte den Eindruck, dass du die Arbeit gebraucht hast, um nicht in Selbstvorwürfen unterzugehen, besser gesagt, um dich nach allem einfach abzulenken."

Ich glaube, mein Mann kennt mich besser, als ich gedacht habe, obwohl ich ihn an meinen Gedanken nicht habe teilnehmen lassen. Klaus schlägt vor, dass ich es mit den Bewerbungen ruhig langsam angehen lassen soll. Finanziell brauchen wir mein Gehalt vorerst noch nicht, erst, wenn Timo studiert. BAföG werden wir nicht bekommen, denn dafür wiederum verdient Klaus zu viel.

Ich habe schon drei Bewerbungen geschrieben, davon zwei Vorstellungsgespräche gehabt, die jedoch mit einer Absage endeten. Traurig war ich darüber nicht, denn mir haben die Stellen bei näherem Hinsehen ohnedies nicht gefallen. Seit neuestem gehe ich drei Mal in der Woche eine kleinere Runde mit Klaus zum Joggen. Wir haben mit zwei Kilometern angefangen und sind schon bei fünf Kilometern angelangt. Meine Tage sind ausgefüllt mit Aufräumen, Aussortieren und Wegschmeißen. Vor allem der Dachboden ... Was sich da so alles ansammelt! Ich bin fleißig am Ausprobieren von Rezepten, arbeite dabei sehr experimentierfreudig und achte darauf, dass alles so gut wie möglich fettreduziert ist. Hosen werden wenn möglich abgeändert, alle Blusen enger genäht. Gott sei Dank sind T-Shirts anpassungsfähig. In diesem Zusammenhang bin ich stolz, dass ich gegenwärtig schon neun Kilogramm abgenommen habe, und das fühlt sich supergut an!

Vorwiegend nehme ich mir jetzt die Zeit für die Dinge, die mir und meiner Familie wichtig sind. Ich setze einfach Prioritäten, was ich vorher nie gemacht habe.

Das Treffen mit Carola fand erst letzte Woche statt.
Da es ihr an besagtem 20. Januar abends nicht gut ging, mussten wir es verschieben. Wir haben uns in ihrer Mittagspause im *Edison Café* in den Wileys getroffen. Wie immer war ich gute dreißig Minuten zu früh und war sichtlich überrascht, als Carola mit einem großen Blumenstrauß auftauchte, und das, obwohl ich nicht einmal Geburtstag hatte. Der Frühlingsstrauß war ein Präsent von unserem Chef mit den besten Empfehlungen und guten Wünschen für meinen weiteren Lebensweg. Das hat sie tatsächlich wortwörtlich so gesagt. Dazu hat sie mir noch einen Briefumschlag in die Hand gedrückt, von der Belegschaft zum Abschied. Tatsächlich blitzt da ein 500 Euroschein hervor. Ich war perplex, denn das musste bedeuten, dass komplett alle in der Firma zehn Euro gegeben hatten. Carola war erst einmal zehn Minuten lang damit beschäftigt, mich von allen zu grüßen und mir zu erzählen, dass ich emotional eine große Lücke hinterlassen habe. Vielen der Angestellten würde meine freundliche Art, mein offenes Ohr und mein liebenswürdiges Wesen fehlen. Ja, ich war häufig der Seelentröster in der Firma gewesen, das passiert mir in meinem Privatleben auch oft. Anscheinend habe ich etwas an mir, das die

Menschen dazu bringt, mir einfach ihre Sorgen zu erzählen. Mein Platz in der Firma wurde nun schon vorzeitig durch unsere Auszubildende neu besetzt.

Die ersten vier Wochen musste es wohl noch etwas drunter und drüber gegangen sein, denn Carola hat immer wieder aushelfen müssen. Dem Seniorchef wurde es mit der Zeit zu dumm, er entschied, dass Carola von nun an nur noch für ihn zuständig sein sollte und die Lohnbuchhaltung das alleine schaffen müsse. Diese eindeutige Anweisung hat Carola sichtlich gutgetan. Dann haben wir das Thema wie selbstverständlich gewechselt. Carola war voller Lob über meine Gewichtsabnahme und begeistert über mein frisches Aussehen. Das viele Lob war mir eher peinlich, denn es fällt mir allgemein unglaublich schwer, so etwas einfach anzunehmen. Carola ist kein Mensch, der andere überschwänglich lobt, aber wenn ihr Mal etwas gefällt, ist sie nicht mehr aufzuhalten. Die Stunde Mittagspause ist schnell vorbei und wir verabreden uns, das in vier bis sechs Wochen zu wiederholen.

Ich steige an der Marienstraße aus, um am Neubau der *Sparkasse Neu-Ulm/Illertissen* vorbei über die Herdbrücke zur Stadtmauer zu gehen. Ich biege direkt am *Café Michelangelo* ab, um auf der Stadtmauer weiterzugehen. Der Schnee verzaubert Ulm und taucht die Stadt in eine Welt voller Glitzer. Von hier oben sieht alles malerisch aus, egal, ob mein Blick zur Donau oder zu den Fachwerkhäusern geht. Der Baum, kurz vor dem alten Stadtschwimmbad - heutzutage ist die Musikschule in diesen Räumlichkeiten untergebracht - fasziniert mich auch um diese Jahreszeit. Er sieht immer wieder anders aus. Weiter hinten entdecke ich eine mir bekannte Gestalt an einer der Ausbuchtungen. Auf der dortigen Bank sitzt zu meiner Überraschung Costus.

Kapitel 8.a Wahrnehmung

Ich freue mich, meinem Seelenhüter zu begegnen, obwohl sich meine Fragen schon geklärt haben, denn bei genauerer Betrachtung konnte ich zu Hause die kleinste Matroschka-Puppe doch noch entdecken. Die Begegnungen mit ihm sind für mich mittlerweile etwas ganz Besonderes geworden. Unabhängig vom Auffinden meiner Seelensplitter hinterlässt seine Anwesenheit in mir stets ein gutes Gefühl.

„Hallo, Lena, wie wäre es mit einem gemeinsamen Cappuccino? Wenn wir gleich hier die Stufen runtergehen, kommen wir direkt zum Café *Ulmer Münz*. Dort soll der Cappuccino echt lecker sein. Hättest du Zeit und Lust?", fragt er mich freudig.

Ich kann seine Vorfreude auf den Cappuccino in seinem Gesicht erkennen. Wir haben jetzt 13:30 Uhr, mit meiner Tante habe ich mich gegen 15:00 Uhr verabredet. Hätte ich Costus jetzt nicht getroffen, wäre ich wahrscheinlich noch zum Bummeln gegangen. Es ist bereits zwanghaft, dass ich meistens viel zu früh bei Verabredungen bin; heute jedoch scheint es ein Glücksfall zu sein.

Deshalb antworte ich: „Ja, sehr gerne!"

Wir gehen die Stufen hinunter durch den Torbogen. Das erste, was man dort sieht, ist das *Schiefe Haus von Ulm*, eine der Sehenswürdigkeiten im Fischerviertel. Genau gegenüber, also linker Hand von uns, ist schon das *Café Ulmer Münz*. Es ist mein erster Besuch dort. Im Café sind die Tische sehr übersichtlich aufgestellt. Der Chef selbst begrüßt uns sehr freundlich. Bisher ist außer uns nur ein einziger Gast im Café. Wir legen unsere Garderobe ab, ich behalte meinen Schal an, und wir setzen uns an den Tisch am Rundbogenfenster. Im Hintergrund läuft dezent Jazzmusik, an den Wänden sind Bilder von Jazz- und Soul-Sängern, die tonangebenden Farben im Raum sind Lila und Grün. An der Längswand befindet sich über die gesamte Raumlänge eine Sitzbank. Wir sitzen an einem Einzeltisch mit nur zwei Stühlen leicht versetzt nebeneinander. Der Chef bedient selbst, leicht flirtet er mit mir und nimmt dabei unsere Bestellung von zwei Cappuccinos auf. Costus grinst und ich frage mich warum? Die Antwort darauf und die Cappuccinos kommen fast gleichzeitig.

„Na, na, Lena, du hast wohl etwas zu heftig mit dem Chef geflirtet, der hat es ganz besonders gut gemeint. Der Cappuccino ist ziemlich stark."

„Ach, Costus, das macht er bestimmt mit jeder Frau, die hier hereinkommt", antworte ich.

Soviel zu meinem Selbstwertgefühl. Ich koste und merke, dass Costus recht hat. Der Cappuccino ist richtig stark, hat allerdings auch ordentlich viel Milchschaum. Er weist einen sehr intensiven Nachgeschmack auf, deshalb nehme ich seit Jahren zum ersten Mal wieder Zucker dazu. Jetzt schmeckt er fantastisch lecker, ich würde sagen wie eine *Wiener Melange* Mischung. Es bleibt im Mundraum ein ganz angenehmer Nachgeschmack von intensiven Kaffeebohnen. Mein Seelenhüter ist mal wieder am Genießen. Er wirkt entrückt, fern jeder Wirklichkeit, einfach nur auf den Milchschaum konzentriert. Auf die hausgemachten Kuchen verzichte ich heute.
Costus' Aufmerksamkeit ist auf meinen Schal gerichtet, ohne Umschweife beginnt er:
„Ein ganz besonderer Schal, nicht wahr Lena?" Er fragt gar nicht, wie es mir geht, er kommt wie immer gleich zur Sache.
„Ich habe den Schal beim Aufräumen auf dem Dachboden gefunden, er hat einmal meiner Mama gehört. Zurzeit fehlt sie mir sehr, deshalb habe ich das Gefühl ihn zu brauchen."
Der Schal ist karminrot, er wird sicherlich in den Wintermonaten nie aus der Mode kommen und trägt sich einfach traumhaft weich um den Hals.

„Ich habe den Schal in der letzten Woche in einer der Kisten meiner Eltern gefunden, seitdem trage ich ihn. Thomas, mein älterer Bruder, muss ihn in eine meiner Kisten gepackt haben."

„Weißt du, dass dieser Schal deiner Tante Magdalena auch gefällt?"

Jetzt fällt mir wieder ein, dass meine Tante nach dem Tod meiner Mama gefragt hatte, ob sie ihn haben könnte, da ihr der Schal sehr viel bedeuten würde. Sie hätte wegen der Wolle dummerweise etwas mit meiner Mama gestritten.

„Meinst du, er ist tatsächlich so wichtig?", frage ich.

„Na ja, es ist einer der wenigen Male, bei denen deine Tante sich geäußert hat, was ihr gefällt und was sie gerne haben möchte. Deine Tante ist dir übrigens sehr ähnlich, wusstest du das?"

Das hat meine Mama auch immer gesagt, dass ich ihrer Schwester sehr ähnlich bin. Meine Tante ist ein gutmütiger Mensch, sie ist die Liebenswürdigkeit in Person, stets über alle Maßen hilfsbereit. Sie hat ständig ein offenes Ohr für jeden, dabei gibt sie für alle Lebenslagen wunderbare und praktikable Tipps. Ich habe noch nie ein böses Wort von ihr gehört. Sie hat über Jahre meine Oma gepflegt, als diese nach einem Schlaganfall pflegebedürftig war. Meine Oma war bis zu ihrem Ende in der Obhut meiner Tante, was sicherlich nicht einfach und meist sehr anstrengend war. Meine Oma konnte nicht mehr sprechen, das nennt man eine Wortfindungsstörung, sie sagte nur noch: Jaaa ja ja jaa jaaa ja ja ja. Das hat der Ehe meiner Tante sehr geschadet und meinen Onkel ziemlich mitgenommen. Es war sicherlich einer der Gründe, warum er meine Tante verlassen hat. Nach achtundzwanzig Jahren Ehe hat er sich einfach eine Jüngere genommen. Tante Magda, wie wir sie nennen, war stets beim Arbeiten und hat gleichzeitig noch zwei Töchter aufgezogen, die ihr leider immer wieder viel Kummer bereitet haben. Sie ist eine begabte Hobbyschneiderin, näht oder ändert ständig alle möglichen Kleidungsstücke für Ihre Nachbarn, ohne dafür viel Geld zu bekommen.

„Na, das ist dann mal ein Kompliment, Costus", sage ich nach kurzer Überlegung.

„Nicht unbedingt, Lena!", erwidert er.

„Wie mei ..." Genau in dem Moment, als ich fragen möchte, wie er das meint, erfasst mich der Zoomblickwinkeleffekt, der Zeitraffer, das volle komplette Programm, mit der Übelkeit und dem Schwindel, auch die Kälte setzt ein. Was heute fehlt, ist das Schwanken, denn ich sitze ja. Costus hält wie immer meine Hände, dabei berührt er ganz leicht den Schal. Ich kann kaum fassen, was ich sehe.

Ich kenne die Szene, es ist der Tag vor meiner Hochzeit. Wir sind im Wohnzimmer meiner Tante, die mir mein Hochzeitskleid genäht hat, es ist die letzte Anprobe vor dem großen Tag. Mein Onkel ist anwesend, meine Oma sitzt staunend im großen Sessel. Ich bin ziemlich verwirrt, denn auch ich bin anwesend. Es ist ziemlich komisch, wenn man sich selbst sieht. Ich kann nicht nur meine Gedanken und Gefühle wahrnehmen, sondern gleichzeitig auch die Gedanken und Gefühle aller Anwesenden empfangen und deuten. Es fühlt sich eigenartig an, sich selbst wahrzunehmen. Wie ich mich im großen Spiegel betrachte, dabei drehe und wende, ich scheine vollkommen angetan zu sein von der Schönheit meines Kleides. Das Kleid ist bodenlang, am Hals ein kleines Bündchen aus Satin, übers Dekolleté und zu den Armen fließende weiße Spitze, die an der Brust wieder in Satin übergeht. Das Kleid ist bis zur Hüfte eng anliegend und stellt sich anschließend ein bisschen auf. Ich weiß es noch genau, ich fühlte mich wie eine Prinzessin, und heute darf ich dieses Gefühl noch einmal wahrnehmen und empfinden, wie ich mich zum ersten Mal in meinem Leben außergewöhnlich hübsch fand.

„Tante Magda, das Kleid ist wunderschön, viel schöner als ich es mir erträumt hätte! Du bist eine begnadete Schneiderin. Ich fühle mich wie Grace Kelly. Wie kann ich dir dafür jemals danken? Du bist ein wahrer Schatz, Tantchen!"

Mein Onkel stimmt mit ein: „Magda, du hast dich selbst übertroffen. Deine Kreativität ist genial, du bringst alle Vorteile von Lena zur Geltung, sie sieht aus wie eine Prinzessin. Du hättest doch Schneiderin werden sollen, du bist eine wahre Designerin. Ich weiß schon, warum ich dich so sehr liebe!" Mein Onkel ist sehr stolz auf seine Frau. Ich kann spüren, dass seine Worte tief aus seiner Seele kommen und grundehrlich gemeint sind. Seine Worte drücken seine tiefe Liebe zu ihr aus, er liebt sie von ganzem Herzen. Ich kann tatsächlich fühlen, dass er sie liebt.

Meine Oma ist sichtlich gerührt, ich spüre, wie sie versucht, sich zu artikulieren, nur verstehen kann man sie nicht. Heute sehe ich, dass meine Oma von der Schönheit des Kleides und der Nähkunst meiner Tante überwältigt ist. Sie versucht zu sagen, wie sehr sie es bereut, dass sie meiner Tante abgeraten hat, eine Schneiderlehre zu machen, wie gerne sie dies ungeschehen machen möchte. Meine Oma versucht auszudrücken, was sie für das Kleid und mich empfindet.

Ich lobe meine Tante über alle Maßen, denn dieses Kleid ist wirklich einzigartig schön geworden. Ich kann spüren und fühlen, dass meine Worte sehr aufrichtig und wahrhaftig gemeint sind. Ich höre, was wir alle sagen, nur scheint es bei meiner Tante völlig anders anzukommen, mehr noch, ich kann fühlen und hören, wie sie mit diesem Lob umgeht. Sie antwortet mir nur:

„Das ist unser Hochzeitsgeschenk an dich."

Im Kopf meiner Tante, in ihrer Gefühlswelt, nehme ich einen inneren Monolog wahr:

„Außer der Zeit hat mich das Kleid ja nicht allzu viel gekostet. Der Stoff war günstig. Die Komplimente sagen sie nur, um freundlich zu sein. Die loben mich nur, weil man das halt so macht. Ich bin nichts Besonderes, das hätte jeder so gut hinbekommen. Jede gute Schneiderin kann ein solches Kleid nähen, dazu braucht man keine große Begabung. Außerdem hat meine Mama recht, mit dem Job einer Schneiderin ist nicht viel Geld zu verdienen. Meine Eltern waren schon immer der Meinung, es ist besser, etwas Vernünftiges gelernt zu haben, als irgendwelchen Flausen im Kopf nachzuhängen. Ich habe gut daran getan Verkäuferin zu werden, das durfte ich die letzten zehn Jahre ständig von der ganzen Familie hören. Mein Leben ist gut so, ich brauche ja keine großen Sprünge zu machen. Es gibt viele Frauen, die besser sind als ich. Nun ja, Lena ist noch jung, bald wird auch sie merken, dass das Leben kein Ponyhof ist. Sie wird feststellen, dass man einen schönen Mann nie für sich alleine hat, dass die Ehe kein Honigschlecken ist und dass ‚ich liebe dich' einfach nur eine Floskel ist, die der eine sagt, damit der andere Ruhe gibt. Das ganze Leben wird mit der Zeit zur Routine, in welcher man einfach funktioniert oder funktionieren muss. Schöne Kleider sind nicht alles. Wir Frauen werden im Alter eh immer fülliger, Schönheit spielt dann keine Rolle mehr. Ständig sind wir es, die nachgeben, die ihre eigenen Wünsche hinten anstellen und mit der Zeit sowieso nicht mehr wissen, was wir möchten. Ich habe gelernt, mit dem zufrieden zu sein, was ich habe. Ich habe keine Ahnung, warum mein Hans mich noch liebt und warum wir noch zusammen sind. Wir haben uns seit langem auseinandergelebt. Es würde mich nicht wundern, wenn er sich eine andere Frau suchen würde. Was kann ich ihm schon bieten? Ich bin nichts Besonderes."

WOW! Mich treffen diese Worte bis in mein Innerstes, denn Teile dieses Monologes finden nur allzu oft auch in meinem Kopf statt. Sie macht sich so klein, dabei ist sie so begnadet, nimmt kein Lob an, lässt es gar nicht zu. Sie wirkt unsicher und eingeschüchtert.

Unglaublich, ich kann es gar nicht fassen, dass wir uns so ähnlich sind.

Der Zoomblickwinkeleffekt, der Zeitraffer erfassen mich, ich merke, wie ich erneut durch Raum und Zeit reise, sowohl die Übelkeit als auch der leichte Schwindel und die Kälte erfassen mich. Kurz bevor ich das Gefühl habe, den Halt zu verlieren, lande ich in einem Kaufhaus. Meine Tante und meine Mama sind hier beim Bummeln. Meine Mama kauft Wolle ein, es muss ungefähr sechs Monate vor ihrem Tod sein. Den braunen Mantel, den sie trägt, haben wir gemeinsam im Herbst gekauft. Das ganze Kaufhaus ist voller Weihnachtsdekoration. Wie ich aus dem Dialog mitbekomme, haben sich beide auf Anhieb in eine bestimmte rote Wolle verliebt. Sie streiten sich wie zwei kleine Mädchen, lächeln aber dabei. Da meine Mama jahrelang die abgetragenen Kleider ihrer großen Schwester tragen musste, hat sie sich als Erwachsene vorgenommen, nie wieder das Gleiche anzuziehen wie ihre Schwester. Schließlich gibt meine Tante wie immer nach. Es ist ihr unglaublich wichtig, dass es meiner Mama gut geht. Ich kann ihre Angst, nicht geliebt zu werden, spüren. Sie hat immer Angst, dass man sie nicht mag, wenn sie ihre eigenen Interessen durchsetzt. Meine Mama kauft die besagte rote Mohairwolle, aus der sie dann die nächsten Wochen den besagten Schal stricken wird.

Noch bevor ich irgendeine Gefühlsregung richtig in mir wahrnehmen kann, immer noch sichtlich ergriffen darüber, meiner Mama nochmals begegnet zu sein, bin ich bereits wieder, mit Zoom, Übelkeit, Kälte und nicht zu vergessen dem Schwindel, zurück im Café.

Kapitel 8.b 4. Seelensplitter: Selbstwertgefühl

„Jetzt verstehe ich, was du gemeint hast. Ich bin genauso schlecht zu mir selbst wie meine Tante."

Costus nickt und beginnt damit, mir einige Dinge zu erklären.

„Das ist zwar hart ausgedrückt, stimmt aber. Um dir über dieses Verhalten klar zu werden, musst du wissen, dass all unsere Vorfahren gute und schlechte Eigenschaften hatten. Manche Eigenschaften sind erstrebenswert, manche eher nicht. Die, die deinem Wesen nicht entsprechen, die du aus Liebe zu einem Vorfahren wiederholst, empfindest du als Bürde. Sie geben dir eine unglückliche Empfindung, sie lassen dich klein sein. Nehmen wir zum Beispiel deine Tante. Du hast von ihr all die Kreativität, die in dir steckt. Du hast ihre Begabung, den Menschen zuzuhören, auch findest du immer ein gutes Wort für jeden, der zu dir kommt und sich dir anvertraut. Dabei kann sich jeder sicher sein, dass du die dir anvertrauten Geheimnisse bewahrst. Du lässt die Menschen erst von dir gehen, wenn du ein Lächeln in deren Seele vernimmst. Du hast die gleiche Gabe wie deine Tante. Diese Gabe ist die Gabe der Hoffnung und des Glaubens, die du immer wieder verschenkst. Es ist die Begabung, die in deiner Familie schon seit Jahrhunderten von einem zum anderen weitergegeben wird. Mit diesem Talent habt ihr all die Zeit überwunden und mehr noch, ihr habt all den anderen Menschen den Glauben an das Gute geschenkt. Dieser Splitter ist es, der dir von deinen sieben Splittern erhalten geblieben ist. Glaube und Hoffnung haben dich die Zeit überwinden lassen. Ohne diesen Splitter ... na ja, das möchte ich mir jetzt gar nicht erst vorstellen."

Er macht eine kurze Pause, dann fährt er fort:

„Kommen wir zu den Gefühlseindrücken, die du heute bei deiner Tante wahrgenommen hast. Das nennt man ‚mangelnder Selbstwert'. Es bedeutet, sie hat nicht gelernt, sich selbst als wichtig, vielleicht sogar als richtig wahrzunehmen. Das kann unter anderem an der Erziehung liegen, denn eventuell haben die Eltern sie nicht genügend gelobt oder sogar ständig alles kritisiert. Kritik nehmen sich Menschen mit geringem Selbstwert mehr zu Herzen als alles andere. Sie versuchen unter allen Umständen diese Kritik auszulöschen. Das soll heißen, sie sind sehr damit beschäftigt, dir zu gefallen und vergessen dabei ihre eigenen Wünsche und Bedürfnisse. Ein Beispiel dazu: Du bist, sagen wir mal, sechs Jahre alt und malst unglaublich gerne, weil es dir rundherum Freude bereitet. Du hast bis dato nicht vor, eine berühmte Malerin zu werden, sondern tust es einfach, weil es dir Spaß macht und dich begeistert. Du fühlst dich dabei unglaublich gut und kommst überschwänglich zu deinen Eltern, um ihnen den tollen Baum mit Landschaft zu zeigen, den du die letzten zwei Stunden gemalt hast. Beide Eltern loben das Bild und deine Mama fragt: „Toll gemacht, aber was sind denn das für komische Hügel unten am Baum?" Sie erkennt nicht, dass das für dich die Wurzeln des Baumes sind. Dein Papa sagt, „Gut gemacht, allerdings ist ein Baumstamm braun und nicht schwarz, mein Kind." Das Lob, das deine Eltern zuvor ausgesprochen haben, nimmst du gar nicht wahr, du nimmst dir nur die Kritik zu herzen. Die Kritik betrifft nicht die Person, sondern ganz allein die Sache. Nur das versteht ein Kind, und manchmal sogar ein Erwachsener nicht. Es könnte allerdings auch sein, dass deine Eltern nur sagen: „In Ordnung, nicht schlecht!" So etwas machen Eltern nicht, um dich klein zu halten, sondern weil sie genau mit den gleichen Worten aufgewachsen sind. Nun hast du als sechsjährige nur zwei Möglichkeiten. Entweder du malst die Welt, wie sie deine Eltern wahrnehmen oder du gibst etwas auf, was dir Freude bereitet, und machst nur noch das, was von dir verlangt wird. Verstehst du, was ich damit sagen möchte, Lena?"

Ich nicke und bin komplett gefesselt von dem, was mir mein Seelenhüter erzählt. Wieder einmal erkenne ich mich in dieser Erzählung wieder, und mir wird bewusst, dass auch ich immer alles versuche, um ja keinen Fehler zu machen. Ich bin ständig damit beschäftigt, es allen recht zu machen. Oft vergesse ich meine eigenen Bedürfnisse. Klaus hat mich schon mehrmals darauf aufmerksam gemacht, dennoch wollte ich es bis heute nicht wahrhaben. Bisher habe ich keine Möglichkeit gesehen, aus dieser Verhaltensweise heraus zu kommen.

Costus trinkt genussvoll den Rest seines Cappuccinos, man kann seine Freude über diesen Schluck wahrlich spüren. Dann spricht er weiter:

„Im Übrigen ist das manchmal eine erlernte Verhaltensweise oder gar eine unbewusste Beziehung, die der oder die Betreffende mit einem nahen Verwandten eingeht. Das bedeutet, sie sind unbewusst an das gleiche Schicksal gebunden. Das geschieht besonders oft, wenn zwei in der Verwandtschaft denselben oder einen sehr ähnlichen Namen tragen. Eine solche Beziehung geschieht aus reiner Liebe. Was du noch wissen solltest ist, dass ein mangelnder Selbstwert auch für fehlendes Selbstbewusstsein verantwortlich ist. Diese Menschen wissen nicht, was sie wollen oder was ihnen guttut."

Ich werde ganz blass um die Nase, denn das, was Costus da gerade gesagt hat, trifft voll auf mich zu. In vielen Gedanken meiner Tante habe ich mich wiedererkannt. Wie oft zweifle ich an mir? Wie oft tue ich Klaus' ‚Ich liebe Dich' einfach so ab? Ich würdige seine Bemühungen um mich nicht. Ich verhalte mich manchmal genauso wie meine Tante. Meine Tante hat mit ihrem Verhalten ihr Schicksal bestimmt und nicht zuletzt dadurch hat sie tatsächlich zwei Jahre später meinen Onkel an eine andere Frau verloren. Ich möchte Klaus auf keinen Fall verlieren. Das darf auf keinen Fall passieren! Das ist das Leben, besser gesagt, das Schicksal meiner Tante und nicht das meine.

„Costus, was kann ich tun?"

„Ganz einfach, Lena, du bist schon auf der richtigen Spur. Du trägst die Hälfte ihres Namens, aber auf keinen Fall ihr Schicksal, auch wenn ihr verwandt seid und du sie lieb hast. Das ist ihr Leben und soll auch ihr Leben bleiben. Geh zu ihr und sprich mit ihr und am Ende, wenn ihr euch verabschiedet, wird sie dich heute sicherlich in den Arm nehmen. Du wirst in Gedanken die richtigen Worte finden, um dich von ihr zu lösen und ihr ihr Schicksal zu lassen. Ich bin mir sicher, du wirst auf deine ganz eigene Art das Richtige tun."

Ich bin schon ziemlich aufgeregt und kann es kaum erwarten, meiner Tante zu begegnen.

Allerdings habe ich vorher noch eine weitere Frage an ihn:

„Hat das, was ich nachher ihr gegenüber denke, auch eine positive Auswirkung auf meine Tante?"

Mein Seelenhüter lächelt und bemerkt dabei:

„Typisch meine Lena, immer das Wohl ihres Gegenübers im Kopf! Ja, meine Liebe, wenn es deine Tante will, dann ist es auch so. Dann hat es eine sehr positive Auswirkung auf sie. Du wirst es spüren können. Allerdings muss sie für sich selbst entscheiden, ob sie diese positive Auswirkung haben mag. Los jetzt, dich hält hier absolut nichts mehr. Ich übernehme die Rechnung!"

Im nächsten Moment bin ich schon an der Garderobe beim Anziehen. Schnell werfe ich Costus noch eine Kusshand und ein „Dankeschön" zu. Los gehts. Obwohl ich ursprünglich gar keine große Lust hatte, bei dem Wetter unterwegs zu sein, kann ich es jetzt gar nicht mehr abwarten, mich endlich mit meiner Tante zu treffen.

Aus dem Café heraustretend wende ich mich nach links, dort ist ein schmaler Durchgang. Danach geht es über die kleine Brücke, vorbei am *Zunfthaus der Schiffleute* und direkt auf das Fischerplätzle. Hier gehe

ich weiter nach links, vorbei an *Antiquitäten Wolfgang Kolb*. Rechts vom Antiquitätenhändler ist die Vaterunsergasse (die Gasse ist tatsächlich ein ganzes „Vater unser" lang - ich habe es einmal ausprobiert). Danach geht es fast die ganze *Fischergasse* entlang.
Am Ende der Fischergasse kurz vor der Gaststätte *Wilder Mann* geht es zwischen zwei Häusern über die 18 Stufen die Himmelsgasse entlang direkt zur Hämpfergasse. Diese überquere ich und schon bin ich im Henkersgraben, wo meine Tante Magda in einem der kleinen Reihenhäuschen wohnt. Sie ist mit den Kaffeevorbereitungen schon fertig, für mich hat sie extra ihren leckeren Streuselkuchen gebacken. Eigentlich wollte sie einen gedeckten Apfelkuchen backen, denn das ist ihr Lieblingskuchen. Typisch, denn wie ich jetzt gelernt habe, hat meine Tante ausschließlich mein Wohl im Sinn. Nur eines hat meine liebe Tante dabei nicht bedacht, mehr als ein Stück Kuchen esse ich auch nicht. Wir teilen an diesem Nachmittag unglaublich viele Erinnerungen. Meine Tante isst den Kuchen, dabei vergisst sie sichtlich den Genuss. Wieder eine Eigenschaft, die ich auch von mir kenne. Das habe ich bis vor kurzem genauso gemacht. Ich habe gegessen, ohne einmal kurz innezuhalten, den Geschmack, den Geruch des Essens, in diesem Fall des Kuchens, zu genießen. Die

Zeit vergeht wie im Flug. Gegen 17:30 Uhr stehe ich auf, um mich für den Heimweg vorzubereiten. Beim Anziehen kommt mir die Idee, meiner Tante ganz den roten Schal zu schenken.

„Tantchen, das ist ab sofort deiner. Er soll dir stets Wärme schenken!"

Tante Magdalena ist sichtlich gerührt, mit glasigen Augen erwidert sie:

„Lena, du hast gar keine Ahnung, wie viel mir dieser Schal bedeutet!"

„Oh, ich glaube, ich kann es mir ein bisschen vorstellen. Hauptsache, du hast ihn jetzt für immer!"

Tante Magdalena nimmt mich ganz unverhofft in den Arm, genau wie Costus es vorausgesehen hat. Ich lass es einfach geschehen. Normalerweise umarmen wir uns nicht, aber gerade fühlt es sich gut an und ich spüre so viel Dankbarkeit, dass die Worte die mir nun in den Sinn kommen und die ich nun in Gedanken zu ihr spreche, aus der Tiefe meines Herzens stammen:

„Liebe Tante Magdalena, ich trage den Namen Lena, die Hälfte deines Namens, das mache ich ab sofort mit großem Stolz. Er macht deutlich, dass wir familiär verbunden sind und soll zeigen, wie lieb ich dich habe. Jedoch dein Schicksal, liebe Tante, das lass ich bei dir. Ich achte es mit allen Emotionen und allen anfallenden Verhaltensweisen, die dazu gehören. Es ist dein Schicksal und das soll es für immer bleiben. Ich bin dir sehr dankbar dafür, dass du meine Tante bist und wie du dein Leben lebst."

Mit dem Ende meiner Gedanken höre und spüre ich, wie meine Tante einen tiefen Atemzug nimmt, der ihr ganzes Wesen erfüllt. Sie hält mich noch immer im Arm. Dabei spricht sie zu mir und es scheint, als ob meine Gedanken bei ihr angekommen sind: „Lena, ich bin mit meinem Leben so wie es ist zufrieden. Ich mag es auf keinen Fall anders haben. Ich bleib so, wie ich bin, denn so fühle ich mich wohl. Dir, liebes Kind, wünsche ich von Herzen nur das Allerbeste."

Nachdem sie geendet hat, kann ich ein grünes Glitzern um uns herum wahrnehmen. Dabei spüre ich, wie erneut einer meiner Splitter zu mir zurückkehrt. Er ist mit unendlich viel Zufriedenheit angefüllt und nimmt ganz bereitwillig seinen Platz in mir ein. Ein atemberaubender sanfter Hauch von Hoffnung erfasst mich, der mir die Sicherheit schenkt, dass ich meine Berufung und meinen mir eigenen Platz einnehmen kann. Ich fühle mich unglaublich wertvoll, zeitgleich verspüre ich eine Leichtigkeit und Freiheit, die meinem eigenen Wesen entspricht. Voller Dankbarkeit für diesen wunderbaren Augenblick drücke ich meine Tante noch ein letztes Mal und begebe mich danach zum Busbahnhof.

Kapitel 9. Daheim

Kurz vor 19:00 Uhr bin ich wieder zu Hause. Auf der Heimfahrt habe ich aus dem Bus heraus doch tatsächlich noch Costus an einer der Ampeln stehen sehen. Er hat mir sichtlich voller Stolz einen „Daumen hoch" symbolisiert. Diese einfache Geste hat mich sehr berührt. Es fühlt sich einfach unglaublich gut an, wenn jemand an einen glaubt. Jetzt weiß ich, dass ich es schaffen kann und die restlichen Seelensplitter auch noch finden werde. Meine Lieben sind alle noch im Training: Klaus beim Schwimmen, Timo beim Handball und Inga beim Zumba. Wie jedes Mal, nachdem ich einen Seelensplitter zurückerhalten habe, bin ich wieder ein Stück lebendiger. Jetzt weiß ich, was ich mit den 500 Euro machen werde. Nämlich nicht wie geplant einen Kaffeevollautomaten kaufen, sondern es in meine Veränderung, meinen Selbstwert investieren.

Deshalb schreibe ich eine SMS an Tina:

„HALLO, MEINE LIEBE, HABE LUST AUF EINE TOTAL-VERÄNDERUNG. ZOPF MUSS AB, NEUE KLAMOTTEN HER, HÄTTEST DU LUST UND ZEIT MITZUKOMMEN? DRÜCKER, LENA"

Auf die Antwort muss ich nicht lange warten:

„BIN DABEI, HABE DONNERSTAG IN EINER WOCHE ÜBERSTUNDEN FREI, MACHE FÜR DICH EINEN TERMIN BEI ANGELO AUS. DRÜCKER ZURÜCK, TINA!"

Angelo ist Tinas Friseur und er hat ein magisches Händchen für Frisuren. Denn laut Tina braucht man für ihre Frisur nicht einmal eine Bürste, um sich schick zu machen. Ich hoffe, sie bekommt einen Termin für mich. Jetzt bin ich superaufgeregt, ich freue mich schon auf die Veränderung und kann es schon gar nicht mehr erwarten. Am liebsten wäre ich gleich morgen losgegangen, nun sind zehn Tage Warten noch ewig lang.

Meine Gedanken wandern noch ein letztes Mal zu den heutigen Geschehnissen, denn mir wird klar, dass ich die letzten Jahre nie meine Bedürfnisse oder gar Wünsche geäußert habe. Stets habe ich versucht, es allen recht zu machen, nur nicht mir. Weiß ich überhaupt noch, was ich möchte? Ich nehme mir vor, genauer auf mich und meine Empfindungen zu hören. Das klappt mit dem Essen beispielsweise schon gut, denn da kann ich mittlerweile genau spüren, ob ich auf bestimmte Dinge Hunger habe oder nur aus

Frust und Langeweile esse. Ich habe begonnen, das Essen nicht mehr als Selbstverständlichkeit zu sehen. Ich versuche, die Mahlzeiten konzentrierter zu mir zu nehmen, und genieße dabei den Geschmack, den Geruch und die Atmosphäre. Das kann ich sicherlich auch auf meine Wünsche und Bedürfnisse umwandeln. Ich nehme mir vor, alles aufzuschreiben und mir klar zu werden, was ich möchte und was mir Freude bereitet. Ich werde mir dabei Zeit lassen und in mich hinein hören, ob ich das auch tatsächlich möchte.

Das nächste Thema für mich ist Lob. Wie oft habe ich Lob abgelehnt? Beim nächsten Lob werde ich einfach mal nur „Danke" sagen, es aufnehmen und auf mich wirken lassen.

Was mich allerdings am meisten schockiert hat, war der Umgang meiner Tante mit meinem Onkel. Wie unterschiedlich doch die Wahrnehmung sein kann, denn mein Onkel meint es liebevoll und fand warmherzige Worte. Bei meiner Tante kam es jedoch kalt und sachlich an. Wie oft nehme ich die Liebesbezeugungen von Klaus einfach als Selbstverständlichkeit hin, wie wenig gebe ich auf seine Komplimente! Daran werde ich arbeiten! Ich möchte auf keinen Fall so enden wie meine Tante. Mir war schon am Anfang unserer Beziehung klar, dass

Klaus mein Traumprinz ist. Erst jetzt wird mir bewusst, dass ich ihm das schon lange nicht mehr gesagt habe.

Ein „Hallo, Schatz!" Holt mich aus meinen Gedanken. Es ist Klaus. Ich lächle ihn an und antworte:

„Hallo, Traumprinz!"

Mein Mann hält mitten in der Bewegung, mir einen Kuss auf die Wange zu geben, inne, stattdessen nimmt er mich in den Arm und küsst mich leidenschaftlich. Einen solchen intensiven und schönen Kuss habe ich schon lange nicht mehr gespürt, es fühlt sich wunderbar an.

„Was immer du heute getan hast, mein Schatz, bitte wiederhole es!" Das ist Klaus, diese Antwort ist einfach typisch für ihn.

„Ich bin heute mit einem älteren Herrn ins Gespräch gekommen, der mich darauf aufmerksam gemacht hat, dass vieles nicht selbstverständlich ist und dass man das, was einem wichtig ist, auch als wertvoll erachten sollte."

„Der Herr gefällt mir, vielleicht triffst du ihn ja mal wieder?"

Ich grinse vor mich hin. Mehr möchte ich Klaus im Moment noch nicht von Costus erzählen, den Rest bringt sicherlich die Zeit mit sich.

Kapitel 9.a Selbstbewusster

Ab jetzt arbeite ich daran, mich selbst als wertvoll zu erachten und mir immer klarer zu werden, was ich im Leben noch erreichen möchte. Aber nicht nur mir geht es so. Auch unsere Tochter Inga ist noch unsicher, was sie nach ihrem Fachabitur im nächsten Sommer machen möchte. Viele unendliche Diskussionen hat es deshalb schon gegeben, ständig bin ich nur am Vermitteln zwischen Klaus und Inga. Die Zwei bekommen sich deshalb regelmäßig in die Haare. Inga ist Klaus so ähnlich; sie ist genauso ‚sportfanatisch' wie er. Sie joggt, schwimmt und geht einmal in der Woche zum Ausgleich ins Zumba-Training. Inga ist drei Zentimer größer als ich, schlank, dunkelblond und hat dieselben blau-grau-grünen Augen wie ihr Papa. Das Einzige, was sie von mir hat, ist die Größe der Augen. Manchmal erscheinen ihre Augen blau-grün, ein anderes Mal wieder eher blau-grau. Man könnte denken, dies hängt bei Vater und Tochter von der Stimmung ab. Das Temperament der beiden ist ebenso identisch, genau wie ihr Ehrgeiz. Das Einzige, was ihr fehlt, ist Selbstbewusstsein. In diesem Zusammenhang wird mir klar, von wem sie das hat.
Ich wünsche mir, dass das, was heute geschehen ist, auch auf Inga Auswirkungen zeigt. Timo und Inga

kommen gleichzeitig vom Training zurück und sind beide übermäßig gut gelaunt. Timo verschwindet gleich nach oben, denn er muss noch lernen, er schreibt morgen eine Mathearbeit.

Inga dagegen setzt sich zu uns ins Wohnzimmer. Sie ist unruhig, was mir anzeigt, dass sie Gesprächsbedarf hat.

„Nun, meine Süße, was ist los?", frage ich.

„Mama, Papa, ich weiß jetzt, was ich will", beginnt Inga das Gespräch.

Wieder einmal schauen Klaus und ich uns etwas seltsam an. Wir beide rümpfen die Nase, gleichzeitig entfährt uns ein „Hä?", deshalb bitten wir sie um eine Erklärung.

„Dazu muss ich etwas ausholen", sagt sie und spricht weiter: „Heute Abend auf dem Heimweg von der Schule, so gegen 17:30 Uhr, hat mich ein ungewöhnliches Gefühl erfasst, zu eurer Beruhigung - ein richtig gutes Gefühl. Ganz schlagartig fühlte ich mich unglaublich gut, so als hätte mir jemand eine Last von den Schultern genommen. Ein absolut beschwingtes Gefühl hat sich in mir breitgemacht. Mir war, als ob ich spontan die ganze Welt verändert könnte, wenn ich nur anfange, an mich zu glauben. Ich weiß, dass es sich etwas unsinnig anhört, aber

seitdem bin ich mir sicher, was ich machen möchte."
Sie macht eine schöpferische Pause.
Ich ahne, was da in ihr vorging, denn mir ist klar, was zu diesem Zeitpunkt passiert war. Ein leichter angenehmer Schauer durchdringt mich vom Kopf bis zu den Füßen. Ich freue mich, denn diese Inga, die da gerade vor uns sitzt, macht einen sehr zielstrebigen und glücklichen Eindruck.
„Ich mache mein Fachabitur", fährt sie fort, „dann gehe ich für ein Jahr nach Frankreich als Au-pair, danach werde ich mein Vollabitur erwerben. Ich habe dann den Vorteil, dass mir Französisch viel leichter fällt, so dass ich dieses Fach sicherlich mit einer Zwei abschließen kann. Fürs Studium benötige ich ein B-Level, welches ich mit einem Jahr in Frankreich sicherlich ohne Schwierigkeiten erreichen werde. Somit hätte ich mein Defizit mit nur einem Jahr Schulfranzösisch ausgeglichen. Ich habe für mich beschlossen, Französisch und Deutsch auf Lehramt zu studieren."
Wir sind beide sehr verblüfft, denn bisher war für Inga klar, dass sie nach dem Fachabitur nie wieder zur Schule gehen wollte. Deshalb verstehe ich gut, warum Klaus noch einmal nachfragt.
„Bist du dir da sicher? Wie und wo glaubst du, eine Au-pair Stelle zu bekommen? Ich denke, du wolltest

niemals wieder eine Schulbank drücken - das waren deine Worte, erst letzte Woche?"

„Papa, ja, ich bin mir sicher, was die Au-pair Stelle betrifft. Da gibt es sehr seriöse Agenturen, die einem gegen einen Betrag von 400 Euro Provision eine Stelle vermitteln. Die Vermittlungsprovision verdiene ich mir in den Osterferien beim Supermarkt. Um das alles unter Dach und Fach zu bringen, habe ich ja noch über ein Jahr Zeit und vielleicht ergibt sich bis dahin ja noch etwas. Was die Schulbank betrifft ... Ja, das habe ich bis gestern auch noch gedacht, heute allerdings bin ich mir sicher, dass es mir Spaß machen würde. Ich denke, für meinen späteren Beruf als Lehrerin wäre der Aufenthalt in Frankreich hilfreich, um selbstbewusster und selbstständiger zu werden."

Sie strahlt über alle Maßen und wirkt glücklich. Gleichzeitig wird mir bewusst, wie sehr Klaus an seiner Jüngsten hängt. Mich erfasst von neuem ein freudiger Schauer. Es fühlt sich richtig und gut an, was meine Tochter da vorhat - ich weiß es. Ich bin mir so sicher wie noch nie, dass das der richtige Weg für sie ist.

Ich stupse Klaus leicht in die Seite, dabei sage ich:

„Komm, lass sie es probieren! Ich bin mir sicher, es ist das Richtige für sie. Ich werde dich schon trösten, wenn du Heimweh nach ihr hast."

Klaus lacht und nimmt seine Tochter liebevoll in den Arm. Dann sagt er zu ihr:

„Okay, meine Süße, mach das! Wir unterstützen dich, wo es nur können."

Sein Blick wandert zu mir, dabei sagt er mit einem schelmischen Augenzwinkern, welches nur ich sehen kann:

„... und dich, mein Schatz, nehme ich beim Wort."

Kapitel 9.b Selbstbewusstsein

Am Mittwoch vor einer Woche hat sich Tina noch kurz gemeldet, denn sie hat tatsächlich bei Angelo für den besagten Donnerstag um 9:00 Uhr einen Termin bekommen. So mache ich mich heute Morgen schon auf den Weg nach Ulm. Wir haben uns direkt vor dem Friseur verabredet. Da dieser schon geöffnet hat und ich wie immer zu früh dort bin, gehe ich hinein und melde mich an. Eine junge Dame weist mir einen Stuhl zu. Ich bin hypernervös, aber zu meiner Beruhigung betritt Tina gerade den Salon. Vor lauter Tina habe ich den jungen Mann neben mir gar nicht bemerkt, deshalb schrecke ich ganz leicht zusammen, als er mich anspricht.

„Hallo, Frau Simon, mein Name ist Angelo. Ich werde heute mein Bestes geben und ihnen einen neuen Look verpassen. An welche Art der Veränderung haben sie gedacht? Tina hat erwähnt, dass ich mich mal an ihren Haaren so richtig austoben könnte?"

Mir wird schlecht, denn ‚austoben' klingt gar nicht gut in meinen Ohren. Oh Gott, was hat Tina denn da wieder mal erzählt? Ich merke, wie ich mich in mein Schneckenhaus zurückziehen möchte, deshalb sage ich in Gedanken zu mir: Nein meine Liebe, das machst du nicht, das ziehst du jetzt durch!

Ich wende mich Angelo zu.

„Der Zopf soll ab! Etwas Frecheres und Kürzeres habe ich mir vorgestellt."

Ich sehe, wie er in eine Art Denkerpose verfällt. Dann fasst er mein Haar an, kämmt es hin und her, dreht mich ins Profil, mal nach rechts, mal nach links. Danach kommt er zu einem Entschluss:

„Ich würde Ihre Haare noch nicht ganz kurz schneiden. Sie haben schönes, festes Haar, und wenn ich darf, würde ich Ihnen einen klassischen Long Bob ohne Pony empfehlen. Der bringt Ihr Gesicht schön zur Geltung, wirkt damit weicher und Sie haben die Möglichkeit, sich an das kürzere Haar zu gewöhnen. Wenn Sie die Haare doch noch kürzer haben wollen, sind diese ja ganz schnell abgeschnitten. Die Farbe würde ich etwas auffrischen, vielleicht schwarzbraun mit einem kleinen Schuss Lila, damit das Haar im Licht schön schimmert."

„Das hört sich klasse an, so machen wir es!"

Ich bin begeistert. Tina nickt eifrig, sie scheint der gleichen Meinung zu sein. Da es mit tönen bestimmt eineinhalb Stunden dauern wird, verabschiedet sich Tina, um noch ein paar Besorgungen zu machen. Die erste halbe Stunde ist noch sehr aufregend, denn Angelo schneidet mir zuerst die Haare. Mit so kurzen Haaren sehe ich ganz fremd aus. Danach werden die

Haare getönt. Währenddessen schau ich mir ein paar Klatschzeitschriften an.

Nach dem Waschen der Haare bekomme ich noch eine leichte Kopfmassage - ein wahrer Genuss! Schon als Angelo meine nassen Haare in Form bringt, finde ich mich total hübsch, viel jünger und moderner. Ich kann mich gar nicht sattsehen. So ist es mir das letzte Mal bei der Anprobe meines Brautkleides ergangen.

Genau nach eineinhalb Stunden bin ich fertig. Ich bezahle, gebe noch Trinkgeld und Angelo hilft mir noch ganz galant in meine Jacke. Er ist selbst absolut entzückt von seiner Kreation und macht mir deshalb ein sehr schönes Kompliment. Ich bedanke mich für das Kompliment. Tatsächlich setze ich mein Vorhaben, Lob einfach auf mich wirken zu lassen, um. Meine Begeisterung für mein neues Ich kennt heute keine Grenzen. Da es für März ziemlich mild ist, warte ich draußen vor der Tür auf Tina. Sie läuft erst einmal an mir vorbei, bleibt dann aber abrupt mit einem Ausruf des Entzückens vor mir stehen:

„Wow Lena, du siehst großartig aus! Die Frisur steht dir fantastisch!"

Tina ist vollauf begeistert. Bevor wir losziehen, muss ich Tina erst noch versprechen, alles wenigstens anzuprobieren und nicht gleich abzulehnen. Gesagt, getan. Im ersten Laden verpasst mir Tina erst einmal fünf verschiedene Kleider. Ich entscheide mich für ein rosafarbenes Etuikleid, dazu einen schwarzen Blazer. Faszinierend ist die Tatsache, dass ich in Kleider der Kleidergröße vierzig passe. Das sind tatsächlich zwei Kleidergrößen kleiner als sonst. Im nächsten Laden probiere ich gleich zehn verschiedene Jeanshosen an. Mit einer Bootcutjeans, dazu zwei langarm Blusen, vier kurzarm T-Shirts in den Farben, Blau, Rosa, Braun und Schwarz verlassen wir den Laden. Schuhe brauchen wir keine zu kaufen, davon besitze ich - wie alle Frauen - viel zu viele, und darüber bin ich heute mal wirklich froh. Inzwischen ist es schon später Nachmittag und ich habe keine Lust mehr zum Anprobieren. Tina steckt noch voller Elan, sie hat ein unglaublich gutes Gefühl dafür, was zu mir passt und was nicht. Zum Abschluss geht es noch schöne Dessous kaufen. Ich verliebe mich augenblicklich in eine zartrosa Unterwäschen-Kombination, bestehend aus einem BH mit dem dazu passende ‚Brazilinas V shape Slip'. Da mir die Unterwäsche gut gefällt, nehme ich noch ein passendes Set mit weißem BH und String dazu. Jetzt, da mein Outfit komplett ist, beschließen wir noch, gemeinsam einen Kaffee im Café *Gustaff* zu trinken.

Das *Gustaff* befindet sich in der Herrenkellergasse, nicht allzu weit vom Müller-Parkhaus entfernt, in dem ich heute meinen kleinen Flitzer stehen habe. Es ist in einem ehemaligen Theater untergebracht. Einem Altbau, daher wirkt das Café auch wunderschön groß. An der Decke befinden sich Stuckornamente, was dem Café ein schönes Flair gibt. Ein alter Kronleuchter vervollständigt das Bild. Es ist auf jeden Fall einen Blick an die Decke wert. Ansonsten ist das Café eher rustikal eingerichtet. Ein wunderschöner alter Holzboden, Holztische mit Stühlen und auf den Bänken immer wieder Schafsfelle, auf denen man sehr gemütlich sitzen kann. Auf jedem Tisch steht eine kleine Vase mit einer Rose, das gibt dem Ganzen eine besondere Note. Die großen Fenster stören gar nicht. Der Cappuccino schmeckt himmlisch, vor allem der Milchschaum, er ist leicht süß. Beim Bummeln hatten wir kaum eine Möglichkeit, uns zu unterhalten. Daher kommt Tina auch gleich zu der Frage, die sie am brennendsten interessiert.

„Was hat dich zu dieser Veränderung bewegt, Lena? Ich glaube, ich quatsche schon seit Jahren an dich ran, mal was Neues zu probieren."

„Weißt du, Tina, aktuell setze ich mich mit Hilfe eines großartigen Lebensberaters mit meiner Vergangenheit auseinander. Er hat seine ganz eigene Art, mich darauf aufmerksam zu machen, dass ich mich selber als wertvoller erachten soll. Jetzt habe ich das Innere in mir verändert, nun ist das Äußere an der Reihe. Des Weiteren zeigt mir dieser Mann auf, wie ich mich für andere einsetze, dabei aber auf meine Bedürfnisse nicht verzichte. Er weist mich darauf hin, wie häufig ich uralte Verhaltensmuster pflege, die überhaupt nicht zu mir passen."

„Du, das macht dieser Berater richtig gut. Du strahlst mehr Selbstbewusstsein aus und wirkst auch weitaus nicht mehr so traurig. Du erscheinst mir stabiler, als wärst du endlich wieder in deiner Mitte. Das gefällt mir. Vielleicht sollte ich auch deinen Lebensberater aufsuchen."

Tina wäre sicherlich sehr gut bei Costus aufgehoben, schließlich hat sie schon einige Verletzungen in ihrem Leben erfahren und mitgemacht. Sie ist geschieden und hat leider immer wieder Pech mit Männern. Ihr Ehemann hat sie gleich nach der Geburt des jüngsten und dritten Kindes verlassen, denn er wollte nach zwei Söhnen kein weiteres Kind mehr und schon gar nicht eine Tochter. Das hat er sie auch nach der Scheidung noch spüren lassen, indem er seinen Unterhaltszahlungen nicht nachgekommen ist. Geldangelegenheiten sind für Tina ein rotes Tuch, denn es läuft ihr regelrecht aus den Händen. Ich muss bei Gelegenheit mal mit Costus sprechen und ihn fragen, ob er Tina nicht auch helfen möchte.

Wahrscheinlich kann er als Außenstehender die Zusammenhänge ihrer Familiengeschichte besser ansprechen als ich. Durch meine Erfahrungen mit meinen Seelensplittern kann ich erkennen, dass es einen Zusammenhang gibt zwischen ihrem Umgang mit Geld und der Insolvenz der Firma ihres Vaters. Ich möchte ihr lieber nicht sagen, denn ich könnte mir vorstellen, dass sie das verletzen würde.

Doch zunächst einmal darf ich meine Seelensplitter alle finden. Schließlich habe ich die letzten Wochen gelernt, dass es vollkommen in Ordnung ist, erst an sich zu denken, bevor man anderen etwas Gutes tut. ‚Eine gute Portion Egoismus' nennt das mein Lebensberater. Wenn ich jemandem auf dieser Welt einen Haufen Geld, eine glückliche neue Beziehung, einen aufrichtig ehrlichen Mann und eine wahre Liebe wünsche, dann Tina.

Ich gehe auf die Bemerkung von Tina zu meinem Lebensberater gar nicht ein, sondern antworte:

„Ich werde weiter an mir arbeiten (und das ist nicht einmal gelogen). Ich danke dir von ganzem Herzen für deine Hilfe heute, du wärst eine klasse Mode- und Inneneinrichtungsberaterin. Hast du schon einmal darüber nachgedacht, dich in diesem Bereich selbstständig zu machen?"

Tinas Antwort ist wie immer: „Ich denk' darüber nach!"

„Vom Nachdenken allein entwickelt sich nichts, meine Liebe."

Tina grinst, ich weiß, ihr fehlt der Mut dazu und die finanzielle Unabhängigkeit. Hätte sie beides, wäre sie schon längst durchgestartet. Ich wünsche es ihr.

Ich bezahle für uns beide und wir verabschieden uns kurz vor dem Parkhaus. Tina läuft nach Hause und ich gehe zu meinem Auto.

Kapitel 10. 5 Seelensplitter: Liebe

Klaus und die Kinder sind absolut begeistert von meinem neuen Aussehen. Sie haben sich beinahe mit Komplimenten überschlagen. Ich muss sagen, ich gefalle mir auch, das ist ein rundum gutes Gefühl. Die neuen Klamotten lassen sich wirklich gut mit den vorhandenen, geänderten Sachen kombinieren. Mittlerweile werde ich im Kombinieren immer einfallsreicher, was mir viel Freude bereitet. Klaus kann seine Finger gar nicht mehr von mir lassen. Allerdings fällt es mir schwer, das zuzulassen. Ich kann diese Tatsache noch nicht so genießen, wie ich möchte, etwas hält mich zurück. Ich würde gerne wieder so für ihn empfinden wie am Anfang unserer Beziehung, doch es scheint eine Blockade zwischen uns zu sein und ich bin mir nicht sicher, warum.

Mittlerweile haben wir April. Im März habe ich an einem Make-up Kurs teilgenommen, was mir geholfen hat, mein neues Outfit und die neue Frisur noch mehr zur Geltung zu bringen. Mit den Haaren komme ich sehr gut zurecht. Ich bin froh, dass ich auf Angelo gehört habe, denn ich möchte im Moment die Haare nicht noch kürzer tragen. Ich habe noch weitere drei Kilogramm abgenommen. Jetzt sind es schon insgesamt zwölf Kilogramm. Und ich bin richtig stolz auf mich. Seit kurzem mache ich noch zusätzlich nach dem Joggen Dehnübungen. Beides zusammen bringt meinen Körper in eine gute Form.

Bei den Bewerbungen hat sich bisher nichts getan. Heute bin ich unterwegs, um eine Bewerbung bei der Stadt Ulm am Rathaus einzuwerfen. Ich bin gespannt, was damit passiert. Ich hätte die Unterlagen auch mit der Post schicken können. Da ich allerdings für Inga in der Stadt noch ein Französischbuch abholen soll, war es so ganz praktisch. Inga hat dieselbe Vorliebe für Bücherläden wie ich. Ihre Lieblingsbuchhandlung ist die *Bücherstube Jastram* in der Schuhhausgasse. Das war der erste Buchladen, in den ich Inga mitgenommen habe. Seitdem ist dieser Ingas erste Wahl beim Stöbern nach Büchern. Heute hole ich dort das besagte Buch ab. Anschließend bummle ich noch ein bisschen durch die Gegend, gehe quer über den Judenhof an der *L'Osteria* vorbei, dann biege ich wieder ab Richtung Frauenstraße. Danach führt mich mein Weg weiter auf der Frauenstraße bis ich in die Kornhausgasse abbiegen kann. Dort gibt es einen schönen Laden für Inneneinrichtung und Beleuchtung. Das Einzelhandelsgeschäft heißt *Wohnsinn*, Inhaber ist Stefan Kast. Es ist immer ein Augenschmaus, dort ins Schaufenster zu blicken. Danach geht es langsam und gemütlich wieder

Richtung Münsterplatz. Heute bin ich bei dem schönen Frühlingswetter mit dem Fahrrad nach Ulm gekommen. Abgestellt habe ich mein Fahrrad hinter dem Ulmer Münster, sodass ich ziemlich zentral stehe. Auf meinem Rückweg komme ich mal wieder beim *Café Alba* vorbei.

Meine Gedanken wandern automatisch zu Costus und unserer ersten Begegnung zurück. Unfassbar, was sich seitdem alles verändert hat! Ich bin im wahrsten Sinne des Wortes eine ganz andere Frau geworden. Das Café hat bereits draußen aufgestuhlt, was an dieser Stelle sehr schön ist, denn dieser Bereich ist verkehrsberuhigt. Es hat an diesem Nachmittag bereits frühlingshafte sechzehn Grad, für Anfang April eine tolle Wetterlage. Auf den Stühlen liegen vorsichtshalber dennoch ein paar Decken. Kaum zu glauben, wen ich da an einem einzelnen Tisch sitzen und einen Cappuccino genießen sehe! Mein Herz schlägt gleich ein paar Takte schneller, so sehr freue ich mich. Es ist tatsächlich Costus.

„Hallo, meine Hübsche, du strahlst ja schöner als dieser Frühlingstag", begrüßt mich mein Seelenhüter.

Mit einer Handbewegung lädt er mich ein, mich zu ihm zu setzen. Ohne zu zögern, nehme ich seine Einladung an. Ich bestelle mir eine kleine Tasse Kaffee, dazu noch eine kleine Biskuitrolle mit

Bananengeschmack. Wie immer warten wir mit unserem Gespräch, bis die Bedienung das Gewünschte gebracht hat.

„Du siehst umwerfend aus, Lena."

„Dankeschön, Costus. Die Veränderungen im Inneren wie im Äußern sind eine Wohltat für mich. Es geht mir unglaublich gut."

„Die Veränderungen bringen die wahre Schönheit deiner Seele nach außen. So wie du dich jetzt siehst, so haben die Menschen dich, vor allem die, die dich lieben, schon immer gesehen. Mit jedem erhaltenen Seelensplitter bist du mehr du selbst, beginnst du mehr zu strahlen. Das zeigt sich besonders in deinem Äußeren und in der Art und Weise, wie du dich gibst, meine Liebe."

„Unglaublich, wie unterschiedlich die Wahrnehmungen sind, Costus! Bedeutet das etwa, dass ich mich selber mehr liebe und mich deshalb freundlicher wahrnehme?"

Er nickt und spricht weiter: „In vielen Dingen herrschen verschiedene Wahrnehmungen, die meist sehr vielfältig sind. Ganz besonders betrifft das die Liebe, in ihren verschiedensten Formen, womit wir beide bei unserem heutigen Thema sind."

So, jetzt bin ich mir sicher, dass ich Costus nicht immer zufällig treffe, es steckt doch mehr dahinter. Ich

bin sehr gespannt, wo heute unsere Reise hingeht. Wie auf Kommando kommt von Costus die Antwort:
„Heute liebe Lena, unterhalten wir uns nur, heute gibt es keine Reise."
Mir steht die Enttäuschung ins Gesicht geschrieben. Er zwinkert mir zu und sagt: „Es wird jetzt trotzdem sehr interessant werden."

Kapitel 10.a Liebe und Beziehung

„Wir haben uns ja schon über Liebe unterhalten. Über die Liebe eines Kindes zu den Eltern und über die Liebe zu sich selbst, die sich durch den Selbstwert verändert. Heute jedoch wollen wir uns über die Liebe zwischen einem Paar unterhalten. Was bedeutet Liebe für dich, Lena?"

„Es bedeutet, einen Menschen so anzunehmen, wie er ist, mit seinen Stärken und den dazugehörigen Schwächen", antworte ich.

„Das stimmt schon, nur ist es mir zu ungenau. Mir geht es mehr um die Empathie, die Empfindungen füreinander. Versuche, dich doch bitte daran zu erinnern, wie es am Anfang eurer Liebe war! Nicht das Verliebtsein, ich meine den Zeitpunkt, als Klaus zum ersten Mal ‚ich liebe dich' zu dir gesagt hat," erläutert Costus.

Meine Gedanken wandern zu unseren Anfangsjahren zurück, ich versuche, die Empfindungen in Worte zu fassen, überlege, wie ich es beschreiben kann. Nach langen Überlegungen antworte ich mit einem tiefen Seufzer:

„Liebe war damals wie Weihnachten."

Costus fängt an zu lachen, es ist ein mitfühlendes Lachen, kein Auslachen.

„Das, liebe Lena, musst Du mir erklären. Eine solche Antwort habe ich in all den Jahren noch nie bekommen!"

„Zu Weihnachten gehören für mich Begriffe wie: Geborgenheit im Kreis der Familie, Vorfreude und Freude, Aufregung, Staunen, Vertrauen, Wärme, Kuscheln, Zusammenhalt, Wünsche äußern, Zuhören und Genießen. Eine Hand, die meine hält, während sich die Welt um uns weiter dreht. In die Ruhe des Augenblicks versinken, zu wissen, es geht gemeinsam weiter. Alle diese Begriffe gehören für mich zu Weihnachten. Alles das hatten wir, alles das fehlt mir so sehr. Mir fehlen die Schmetterlinge im Bauch, das Gefühl der Verbundenheit, zu wissen, was Klaus denkt, ohne mit ihm zu sprechen, die Vertrautheit, die uns oft viel Halt gab und der Zusammenhalt, der nur uns zwei ausgemacht hat. Heute sind es nur die Probleme, die uns verbinden. Manchmal habe ich das Gefühl, wir sind nur aus Gewohnheit ..."

Ich verstumme. Schlagartig wird mir klar, dass ich hier nur das Negative in unsere Beziehung sehe, dabei all die Vorzüge gar nicht erwähne. Das ist nicht in Ordnung. Ich setze gerade an, als Costus mich unterbricht.

„Stop! Lena, bevor du weiter über all das sprichst, was dir fehlt, solltest du darüber nachdenken, was du dazu beigetragen hast, dass es genauso ist - wie es jetzt ist."

Oh, mein Gott, da hat er wohl Recht, denke ich. Ich schäme mich. Ich habe mit Sicherheit meinen Anteil dazu beigetragen. Ich habe mir die letzten Jahre auch keine Mühe mehr gegeben, weder mit mir, noch mit meinem Aussehen, geschweige denn mit meinem Verhalten. Ich spüre, wie ich immer kleiner werde, am liebsten würde ich im Erdboden versinken. Mir wird bewusst, dass ich es bin, die Klaus nicht mehr an meinen Gedanken teilhaben lässt, die stets versucht, alles alleine zu regeln.

„Lena, über alles, was nicht in Ordnung ist, was schief geht, kann man ewig diskutieren. Über das reden die Menschen am liebsten, meist sogar am längsten. Deshalb machen wir zwei das jetzt nicht. Wie würdest du dir denn deine Beziehung mit Klaus vorstellen, was könntest du dazu beitragen, dass du ihm wieder näher kommst? Wer waren denn zum Beispiel deine Vorbilder? Lass uns doch zuerst einmal darüber sprechen, weil es sich gezeigt hat, dass diese Menschen unser Beziehungsbild prägen!"

„Nun, da waren meine Eltern, und die haben sich, wie du weißt, scheiden lassen", antworte ich ihm.

„Deine Eltern lassen wir außen vor, es steht Kindern nicht zu, darüber zu urteilen, wie Eltern ihre Ehe führen. Das dürfen die zwei machen, wie sie wollen und wie sie es für richtig halten. Schau ein Stück weiter! Wie war es bei deiner Tante Magda, wie bei dem Bruder deines Vaters, deinem Onkel Norbert, wie war es bei deinem Bruder Thomas?"

„Wie wir jetzt wissen, war meine Tante Magda mit sich selbst und mit ihrem Mann unglücklich, obwohl Onkel Hans sie sehr geliebt hat. Nicht umsonst hat er sich eine Affäre gesucht, danach haben sich die zwei scheiden lassen. Mein Bruder und seine Frau Anita haben nur nebeneinander her gelebt. Er war stets mit seinen Kumpels vom Fußball unterwegs, meine Schwägerin hat sich um die zwei Töchter gekümmert oder war bei diversen Kaffeekränzchen, mit ihrer geschiedenen Mutter im Schlepptau. Viel Zeit haben die beiden nicht miteinander verbracht. Irgendwann hat sich mein Bruder eine jüngere Frau gesucht, mit der es jetzt aber auch nicht besser ist."

Bei allen war, so scheint es, die Scheidung bereits vorprogrammiert. Beim Erzählen wird mir bewusst, dass jeder auf die gleiche Art gescheitert ist. Keiner hat um die Beziehung gekämpft und nichts von sich aus für die Partnerschaft getan. Ein Resultat aus diesem Verhalten ist augenscheinlich die Suche nach einem neuen Partner. Oh nein, ich möchte nicht, dass mir so etwas passiert, denn das scheint auch wohl ein erlerntes Schema zu sein! Währenddessen fällt mir wieder der blöde Spruch meiner Tante ein: ‚Einen schönen Mann hat man nie für sich allein'. Ob es wohl mit solchen Floskeln auch etwas auf sich hat? Ich werde Costus nachher noch danach fragen und fahre fort:

„Mein Onkel Norbert, Papas Bruder, führt eine schöne Ehe mit seiner Frau Emma. Onkel Norbert und Tante Emma haben gemeinsam zwei Kinder großgezogen. Mein Onkel hat gerne Zeit mit seiner Familie verbracht. Er war zum Beispiel immer mit dabei, wenn eine Schulveranstaltung bei seinen Kindern stattfand. Die beiden unternehmen auch heute noch sehr viel gemeinsam. Sie reisen gerne und sind begeisterte Hobbygärtner. Ebenso gern gehen sie ihrem weiteren gemeinsamen Hobby, dem Tanzen, mit Leidenschaft nach", beende ich meine Ausführungen.

„Das hört sich doch gut an. Diese Ehe ist gelebte Ehebeziehung, und das, obwohl wir wissen, dass sich seine Eltern, also deine Großeltern, getrennt haben. Du siehst, Lena, du hast es in der Hand, du kannst entscheiden, welchen Weg du gehen möchtest. Du kannst es machen wie deine Eltern, deine Tante Magda, dein Bruder, oder du kannst etwas für eure Beziehung unternehmen. Es liegt an dir."

„Das sagt sich so leicht. Was ist, wenn das Vertrauen fehlt?", frage ich ihn.

„Was bringt dich auf diesen Gedanken, Lena?", lautet seine Gegenfrage.

„Ich weiß es nicht genau, manchmal habe ich Angst oder den Verdacht, dass sich Klaus auch zu einer anderen Frau hingezogen fühlen könnte. Einen konkreten Anlass gibt es dazu nicht."

„Nun, ich kann dir, von meiner Perspektive aus betrachtet, sagen, und damit meine ich auch, das Wissen und die Erfahrungen die mein Job mit sich bringt und was ich über die Jahre hinweg gesehen habe: Zum Fremdgehen gehören immer drei."

„Wie bitte? Sei doch bitte so gut und erkläre mir das!"

„Man geht nur dann fremd, wenn man bei seinem Partner nicht das bekommt oder findet, was man möchte. Sehr stark spielt auch die erlernte Struktur eine Rolle. Wenn ein Partner in einer Ehe jedoch glücklich ist, braucht er sich nicht nach außen zu orientieren. Dein Onkel Hans hat letztlich nur den Glaubenssatz von deiner Tante: ‚Einen schönen Mann hat man nie für sich alleine', erfüllt. Weitere Glaubenssätze, die in den vorherigen Generationen deiner Familie eine Rolle gespielt haben, sind: ‚Vertraue nie ganz einem Partner', ‚keine Liebe ist stark genug, um einen Vertrauensbruch zu heilen' oder ‚wenn man erst einmal über eine Beziehung diskutiert, ist sie schon am Ende'."

„Wie löst man solchen Glaubenssätze auf, Costus?"

„Genauso wie ein Verhaltensmuster, meine Liebe. Man gibt sie zurück. Lass diese Glaubenssätze am besten gleich bei deinen Omas, denn dort sind diese seit Generationen zu Hause!", ist seine Antwort.

Ich schließe die Augen und formuliere ganz leise die Worte:

„Liebe Omas, es sind eure Glaubenssätze, dass man Männern nicht trauen kann und dass keine Liebe stark genug ist, dass in einer Beziehung nie beide glücklich sind. Ich bin euch dankbar dafür, dass ihr diese Glaubenssätze gelebt habt. Diese Glaubenssätze haben meine Eltern, meine Tante, wie auch mein Bruder, gelebt, und alle haben im Sinne dieser Sätze gehandelt. Deshalb ist es jetzt genug. Ich lasse euch allen diese Glaubenssätze, ihr erfüllt sie besser, als ich es je könnte." Mit dem Ende dieses Satzes spüre ich, wie ich mich aufrichten kann und tief durchatme.

Kapitel 10.b Die Liebe neu entdecken

Costus nickt mir anerkennend zu.

„Das hast du sehr gut gemacht, Lena. Ich weiß, dass dich diese Glaubenssätze abgehalten haben, Klaus zu vertrauen. Würde Klaus jetzt hier sein, wäre ihm sicherlich einiges klar geworden. Denn ohne es zu wissen lösen wir mit unserem Verhalten sehr oft die Gegenreaktion bei unserem Partner aus. Ich bin mir sicher, das wäre für Klaus offensichtlich. Männer verstehen solche Dinge meist viel schneller als Frauen. Um diese Situation für euch zwei komplett lösen zu können, stelle dir bitte vor, Klaus würde dir jetzt gegenüber stehen und Folgendes zu dir sagen: Liebe Lena, auch ich habe dazu beigetragen, dass so einiges in unsere Ehe bisher nicht so funktioniert hat, wie wir es uns beide am Anfang vorgestellt haben. Dafür trage ich meinen Teil der Schuld, so wie du deinen trägst. Wenn du mich noch möchtest, dann bin ich für dich, ganz und gar, da."

Ich kann Klaus fast spüren, es ist, als wäre er direkt neben mir. Die Worte, die Costus gerade gesprochen hat, haben mein Herz tief berührt. Ich habe ganz glasige Augen, so ergriffen fühle ich mich.

„Nun bist du in der Lage, deine Ehe auf neue Füße zu stellen".

Ich bin noch immer sehr bewegt, weiß aber nicht, wie ich das bewerkstelligen soll, denn so einfach, wie Costus sich das vorstellt, ist es nicht. Mein Seelenhüter liest in meinen Gedanken, jetzt bin ich mir sicher, dass er es kann. Ich erkenne es an seinem Blick, immer, wenn er mir ganz tief in die Augen schaut, liest er. Ich muss leicht schmunzeln, als er spricht.

„Zuerst, liebe Lena, sei denen, die die Ehe nicht geschafft haben, dankbar, dass sie den Weg der Trennung gewählt haben! Das wäre dein erster Schritt. Aha, ich spüre, du formulierst schon im Kopf, sehr gut."

Tatsächlich denke ich: ‚all ihr Vorfahren, die ihr euch die Trennung, als einzige Möglichkeit der Lösung für eure Beziehungsprobleme ausgesucht habt. Ich danke euch von Herzen, denn somit ist es nicht nötig, dass ich diese Erfahrung mache oder sie wiederhole'.

„Dann nimm dir aus allen Verbindungen deiner Vorfahren das heraus, was gut war! Mit dem Rest kannst du dir überlegen, ob du es wiederholen möchtest oder nicht. Bewerte die Ehen nicht, lasse sie einfach so stehen! Denn wie wir jetzt wissen, darf jeder Beziehung so führen, wie er möchte! Das war Schritt zwei. Der nächste Schritt ist, dass du auch deinen Teil der Schuld daran trägst, dass es bisher mit

Klaus und dir nicht so reibungslos funktioniert hat, wie ihr euch das vorgestellt hattet. Wenn du ihm gegenüber stehst und das denkst, wird er es spüren. Ich weiß, dass du es eigenständig formulieren kannst. Kommen wir zu Schritt vier, liebe Lena! Fange endlich an, deine Wünsche und deine Erwartungen an das Leben mit deinem Klaus zu besprechen! Werde dir klar darüber, was du vom Leben erwartest, was du erleben möchtest und teile das mit deinem Mann! Erzähle ihm von deinen Vorlieben und lass ihn an deinen Gedanken und deinen Empfindungen teilhaben! Höre auf, ihn davon fernzuhalten! Er wird alles mit dir tragen, egal, was es ist. Oft denken Frauen, sie müssten alles regeln und alles selber tragen. Ohne es zu wissen, stellen sie sich auf den Platz ihres Mannes, müssen dann diesen mit aller Verantwortung einnehmen und scheitern oft genug daran. Als nächstes Schritt fünf. Nimm dir Zeit und frag ihn nach seinen Wünschen, seinen Sehnsüchten, seinen Erwartungen ans Leben und nach seinen Vorlieben! Höre Klaus richtig zu und lass dich voll und ganz auf dieses Gespräch ein. Bewerte nichts, höre einfach aufmerksam zu! Mache das auch, wenn Klaus von seiner Arbeit spricht, habe dadurch Anteil an seinem Leben! So wirst du wieder die Nähe spüren, die dir fehlt. Damit verschwinden mit der Zeit alle Hindernisse und alle Blockaden, die dich von ihm fernhalten. Lange waren eure Kinder der Mittelpunkt des Geschehens, es wird jetzt Zeit, dass ihr wieder füreinander das Highlight seid. Sucht euch neben dem Laufen noch weitere gemeinsame Hobbys und unternehmt wieder mehr zu zweit. Mach dich bewusst hübsch und genieße deine Schönheit! Es wird ihm auffallen. Schenk ihm dein Vertrauen, er wird dich nicht enttäuschen. Er wird für dich da sein, wenn du ihn brauchst."

„Das sind eine ganze Menge Aufgaben, die mich da erwarten", sage ich, spüre aber auch eine Vorfreude darauf. Costus hatte Recht, dieses Gespräch ist mehr als interessant.

„Eine wichtige Regel möchte ich dir noch ans Herz legen, liebe Lena. Sprich niemals schlecht über deinen Mann! Denn damit schadest du deiner Beziehung. Dabei ist es egal, ob du mit einer Freundin oder vor deinen Kindern sprichst. Jedes Mal, wenn du schlecht über deinen Mann sprichst, stichst du ihm sinnbildlich ein Messer in den Rücken. Würden das zum Beispiel deine Kinder mitbekommen, würdest du im übertragenen Sinne gleich dreimal zustechen, denn eure Kinder sind je ein Teil von dir und ein Teil von deinem Mann."

Während Costus mir das erzählt, kommt mir die Duschszene aus dem Film *Psycho* von ‚*Alfred Hitchcock*' in den Kopf. Dieses Bild werde ich so schnell nicht mehr los, und es verfehlt mit Sicherheit nicht seine Wirkung. Daran werde ich bestimmt noch öfter denken.

„Mit dem Bild, das ich jetzt in meinem Kopf habe, werde ich immer daran denken, das verspreche ich dir", antworte ich.

Costus nickt, er scheint mit dieser Antwort zufrieden zu sein. Ich kann mir vorstellen, dass er das Bild in meinem Kopf wahrnehmen kann, besser gesagt, weiß ich es. Ich kann es an seinem Grinsen erkennen.

„Den heutigen Seelensplitter, liebe Lena, das kannst du dir sicherlich denken, den darfst du dir erarbeiten. Er wird dich, wenn der richtige Zeitpunkt gekommen, ist finden und zum guten Schluss alles zusammenfügen. Das geschieht in dem Moment, in dem du die Zusammenhänge der Liebe und des Lebens erkennst."

Mit diesen Worten erhebt sich mein Seelenhüter, bezahlt, wirft mir noch ein Lächeln zu, und weg ist er.

Kapitel 11. Daheim

Zu Hause angekommen, sehe ich schon den Anrufbeantworter blinken. Bevor ich ihn aber abhöre, mache ich mir erst einmal eine Tasse Tee. Immer eines nach dem andern, das ist etwas, was ich mir seit kurzem angewöhnt habe. Mit der Tasse Tee setze ich mich gemütlich an den Tisch und höre den Anrufbeantworter ab.

Meine Schwägerin Anita, die Ex-Ehefrau meines Bruders, hat eine Nachricht hinterlassen. Meine Nichte habe leider schon wieder eine Fehlgeburt gehabt und ist am Boden zerstört. Sie (meine Schwägerin) macht sich Sorgen, ob die Ehe ihrer Tochter dies noch einmal schaffen kann. Diese Begebenheit löst auch in mir Erinnerungen aus. Den Schmerz, die Enttäuschung kann ich auch nach über zwanzig Jahren immer noch spüren. Es ist schwer, einem Menschen für einen solchen Schicksalsschlag die passende Antwort zu geben. Ich verstehe, dass sich meine Schwägerin hilflos fühlt. Die Zeit heilt alle Wunden, sagt man, aber das ist wohl einer der blödesten Kommentare, welche man in einer solchen Situation bekommen kann. Ich weiß nicht, was ich darauf sagen soll, deshalb beschließe ich erst einmal, mit dem Rückruf zu warten. Vielleicht finde ich ja eine passende, einfühlsame Antwort.

Klaus kommt heute zum Mittagessen, deshalb mache ich mich schnell daran, etwas Leckeres zu kochen. In der nächsten halben Stunde bin ich fertig. Es gibt eine schmackhafte Gemüsepfanne mit Nudeln und Parmesan. Klaus ist pünktlich, so dass wir ohne große Verzögerung gleich essen können. Die Kinder haben heute wieder Nachmittagsschule und kommen deshalb nicht zum Mittag. Als Nachtisch gibt es für uns beide noch einen leckeren Cappuccino. Erst jetzt komme ich dazu, Klaus von dem Anruf zu berichten und ihn nach seiner Meinung zu fragen.

„Weißt du, Lena, ich denke, das Wichtigste ist, dass Yvonne den Schmerz und den Verlust nicht allein trägt. Vor allem aber denke ich, sollten Yvonne und ihr Mann darüber reden und gemeinsam diese Situation meistern. Ich glaube, dies ist etwas, was ich vergessen habe dir zu sagen. Unsere Fehlgeburt, diesen Verlust, verantworten wir gemeinsam, Lena. Wir werden das, solange wir leben gemeinsam tragen. Damit bist du nicht alleine."

Ich bin zu Tränen gerührt. Mein Mann nimmt mich in den Arm. Seit vielen Jahren ist er mir endlich wieder nah. Es dauert eine ganze Weile, bis in mir die Tränen versiegen. Danach fühle ich mich unendlich erleichtert, und es fühlt sich an, als hätte sich eine Blockade zwischen uns aufgelöst. Es scheint, als würde mein Gespräch mit Costus bereits Auswirkung auf Klaus zeigen. Um diese Auswirkung noch zu verstärken, denke ich im Anschluss noch den Satz, den ich mit meinem Seelenhüter besprochen habe. Es gibt keinen besseren Moment und keinen besseren Ort, dies jetzt zu tun - da Klaus mich noch immer in seinen Armen hält. Tatsächlich kann ich spüren, wie in Klaus eine Veränderung stattfindet. Ich spüre eine Gänsehaut von oben bis unten und merke dabei, wie mein Mann leicht und dennoch angenehm erschauert. Deshalb wundere ich mich nicht, als ich nach der Umarmung folgenden Satz von ihm zu hören bekomme:

„Lena, mein Schatz, lass uns gemeinsam an uns arbeiten! Ich habe Fehler gemacht, ich trage meinen Teil der Schuld, dass bisher nicht alles so reibungslos geklappt hat, wie ich mir das vorgestellt habe. Wenn du deinen Traumprinzen noch möchtest, bin ich ab sofort ganz und gar für dich da!"

Ich glaube, der Kuss, den Klaus danach von mir erhält, ist Antwort genug. Wir nehmen uns gleich vor, heute Abend gemeinsam noch etwas trinken zu gehen. Klaus verspricht, gegen 18:00 Uhr wieder zu Hause zu sein.

Im Laufe des Nachmittags rufe ich meine Schwägerin Anita an. Ich bitte sie, mit Yvonnes Mann Tobias zu sprechen, und erkläre ihr, wie gut mir die Antwort von Klaus heute getan hat, auch nach all den Jahren noch. Vielleicht hilft Tobias das, was Klaus gesagt hat. Es wäre schön, wenn den beiden dadurch Kummer erspart bliebe. Der Schmerz wird bleiben, doch zu zweit trägt er sich bestimmt leichter.

Der Abend war wunderschön, obwohl wir nicht mehr ausgegangen sind. Wir haben uns sehr lange zu Hause unterhalten und es war schon weit nach Mitternacht, bis wir eingeschlafen sind. Ich habe Klaus von meinen Empfindungen der letzten Jahre erzählt, vor allem von den Gefühlen der letzten zwei Jahre, wie fürchterlich es war, in der für mich schrecklichsten Situation allein zu sein. Wie schmerzhaft es sein kann, nicht Abschied nehmen zu können. Den vielen Zweifeln in mir, den Ängsten, zu spät zu kommen, oder dass ihm oder gar den Kindern etwas passieren könnte. Meinem Zwang stets überpünktlich zu sein und meiner unbefriedigten beruflichen Situation. Der Frage, die mich umtreibt: Ist dass schon wirklich alles? Dass ich nicht wirklich weiß, was ich mir noch vom Leben erhoffe. Wie oft ich in den letzten Jahren das Gefühl hatte, einfach nur noch zu funktionieren. Meine eigene innere Unzufriedenheit.

Ich habe ihm von Costus und von meinen Seelensplittern erzählt und dass mir die Gespräche mit ihm zeigen, dass ich es in der Hand habe, was ich aus meinem Leben mache. Ich habe die Erkenntnis gewonnen, dass es an mir liegt, wie ich mich als Person und meine Einstellung verändern kann. Klaus wurde sehr neugierig auf Costus. Vor allem haben ihn meine Erzählungen sichtlich fasziniert. Etwas Eifersucht war auch zu spüren. Tatsächlich hat er gefragt, ob da eventuell eine Gefahr für ihn bestehe, wenn ich derart intensiv mit meinem Seelenhüter zusammenarbeite. Er hat es mit einem Augenzwinkern gefragt, trotzdem war es ein schönes Gefühl zu merken, dass mein Mann auch eifersüchtig sein kann. Faszinierend an unserem Gespräch fand ich, dass Klaus sagte, ich solle ruhig weiter mit Costus nach meinen Seelensplittern suchen. Die Veränderungen, die gerade mit mir passieren, seien wunderbar. Die Frau, die ich heute sei, gefalle ihm von Tag zu Tag immer besser. Ich war überrascht, mit welcher Ernsthaftigkeit man mit Klaus über diese Themen reden kann. Ich hatte zu keiner Zeit das Gefühl, nicht ernst genommen zu werden.

Das Tollste jedoch war, dass Klaus sagte, ich solle doch erst, wenn alle Seelensplitter wieder in mir vereint sind, entscheiden, was ich beruflich machen mag, und zwar egal, wie lange das dauern würde. Ich solle es als eine Art ‚Sabbatical' sehen, mir Zeit lassen und jeden Druck rausnehmen. Er wünscht sich, dass ich eine Aufgabe finde, die mich mit Freude erfüllt. Über das Finanzielle sollte ich mir keine Gedanken machen, da ergäbe sich bestimmt eine Lösung. Somit war das beschlossene Sache. Ich kann gar nicht beschreiben, was für ein unglaubliches Gefühl von Zuneigung mich in dem Moment erfasst hat. Zu wissen, dass der eigene Mann zu einem steht, ist unbeschreiblich schön.

Als Höhepunkt des Abends ergab sich noch unglaublich intensiver und schöner ‚Wiederfindungssex', denn ‚Versöhnungssex' wäre hier wahrscheinlich der falsche Begriff.

Kapitel 11.a Neuigkeiten

Die nächsten zwei Wochen waren voller schöner Gespräche, vieler romantischer Stunden und überwältigender sinnlicher Momente. Nicht nur, dass Klaus unglaublich einfühlsam war, ich konnte mich auch beim Sex endlich einmal fallen lassen. Ich hatte den Mut zu sagen, was ich als schön empfinde und was nicht. Meine Gedanken waren auf Genießen programmiert, einfach nur fühlen und sich hingeben. Das sind phänomenale Gefühle. Ich spüre, wie ich mich auch in sexueller Hinsicht verändere, immer mehr ich selbst sein kann und mit jedem Mal mehr Freude daran empfinde.

Wir haben viel über unsere Träume und unsere Ziele gesprochen. Dabei ist uns aufgefallen, dass wir das über die Jahre vernachlässigt haben. Ich habe mich mit Klaus über meine und seine Familienverhältnisse unterhalten, welche Lernerfahrungen wir gemacht und in unsere Beziehung eingebracht haben. Ich habe ihm viel von Costus' Weltanschauung erzählt, die mir mittlerweile in Fleisch und Blut übergegangen ist, weil ich sie für richtig halte. Wir wollen beide auf keinen Fall, dass sich das Schicksal unserer Vorfahren in Bezug auf die Ehe wiederholt. Klaus' Eltern sind zwar immer noch verheiratet, führen aber aus unserer

Sicht keine wirkliche Beziehung. Es ist halt, wie es ist, sagt meine Schwiegermutter oft. In der Familie von Klaus sind alle Frauen ziemlich früh zur Witwe geworden und mussten sich von da an alleine durchs Leben schlagen. Auch das ist für uns keine annehmbare Option. Wir haben vereinbart, alles daran zu setzen, eine glückliche und erfüllende Ehe zu führen. Wir wollen beide an uns arbeiten, damit unsere Kinder sich später daran ein Beispiel nehmen und diese Form der Beziehung leben können. Wir wollen unsere Kinder, Enkelkinder und Urenkelkinder glücklich sehen.

Wir werden dieses Jahr ohne die Kinder in Urlaub fahren, unser Urlaubsziel ist San Francisco. Hier holen wir sicherlich unsere Flitterwochen nach, die wir leider nie angetreten haben. Mit dem Ziel San Francisco wird für Klaus ein Traum wahr und wenn ich ganz ehrlich bin, für mich auch. Timo und Inga haben sich sehr mit uns gefreut. Es scheint auch ihnen gut zu bekommen, dass Klaus und ich wieder mehr zusammenrücken. Klaus hat den Flug bereits gebucht, obwohl er Flugangst hat. Wir fliegen am 8. Juli, um noch am Tag zuvor bei Timo's Abiturfeier dabei zu sein. Den Rückflug haben wir für den 25. Juli geplant, so dass Klaus, wegen des Jetlags, die restliche Woche noch zum Akklimatisieren hat. Unsere ersten

Planungen sehen vor, dass wir die erste Nacht in San Francisco übernachten werden und dann mit dem Mietwagen eine Rundreise machen wollen. Motels mit Bed and Breakfast gibt es in den USA ja wie Sand am Meer. Geplant ist, dass wir die letzte Woche noch komplett in San Francisco verbringen. Somit darf ich meinen Geburtstag allein mit Klaus in den USA feiern. Ich bin schon voller Vorfreude.

Timo hat beschlossen, ein Jahr lang ein FSJ bei einem Sportverein zu machen. Er möchte nebenher eine Ausbildung zum Übungsleiter C Breitensport absolvieren. Nach dem FSJ wird er Sportwissenschaften studieren und sich überlegen, welchen Schwerpunkt er setzen will. Wenn alles so klappt, wie er es sich vorstellt, dann kann er in Augsburg studieren. Das hätte dann den Vorteil, dass er bei seinem Cousin Philip in die Wohngemeinschaft einziehen kann. Philip ist der älteste Sohn von Klaus' Schwester. In Philips WG wird nächstes Jahr ein Zimmer frei. Ich bin erstaunt, wie selbstständig meine Kinder die Dinge angehen, es scheint, als wären sie mittlerweile viel reifer geworden.

Inga ist mit ihrer Französischlehrerin über ihre Pläne in Hinsicht auf die Au-pair Stelle ins Gespräch gekommen. Dabei hat sich eine unerwartete Möglichkeit ergeben. Frau Franzl, die

Französischlehrerin, hat eine Freundin, die in Frankreich lebt. Ihr Name ist Claudet Martine, und sie sucht für ihre drei und sechs Jahre alten Kinder einen Babysitter für die Sommerferien. Falls Inga sich dazu entschließt, in Paris vier Wochen auszuhelfen, wäre die Möglichkeit gegeben, ein Jahr später bei Familie Martine für ein ganzes Jahr eine Au-pair Stelle zu erhalten. Claudet und ihr Mann wollen, dass die Kinder zweisprachig aufwachsen. Somit würde Inga gar keine Vermittlungsagentur benötigen und wüsste auch schon, was sie erwartet und ob ihr die Arbeit Spaß machen würde. Da sich das alles vernünftig und seriös anhört, haben wir beschlossen, dass dies für Inga eine schöne Möglichkeit zum Testen ist.

Geplant ist der Aufenthalt vom 10. August bis zum 10. September. Wie der Zufall es so will, hat Inga dazu noch unglaubliches Glück, denn Frau Franzl wird vom 10. bis zum 12. August ihre Freundin Claudet besuchen und würde Inga mitnehmen.

Kapitel 11.b Erinnerungen

Nach der Nachricht über die Fehlgeburt meiner Nichte finde ich schlechte Nachrichten auf dem Anrufbeantworter einfach nur doof. Deshalb habe ich beschlossen, den Text des Anrufbeantworters zu verändern: „Hallo, sie sind verbunden mit der Familie Simon. Bitte hinterlassen sie ausschließlich gute Nachrichten, da unser Anrufbeantworter mit Kündigung gedroht hat, sollten negative Mitteilungen auf das Band gesprochen werden." Die schlechte Nachricht von Kai-Uwe auf dem Anrufbeantworter am Sonntagabend ließ sich leider nicht rückgängig machen. Er liegt im Krankenhaus in Höchst bei Frankfurt. Er ist beim Joggen gestürzt und hat sich dabei einen komplizierten Bruch am Bein zugezogen, welcher operiert werden muss. Ansonsten ist er guter Dinge, es sei nur unglaublich langweilig im Krankenhaus. Er fragt an, ob wir nicht Zeit und Lust hätten, ihn zu besuchen. Die Operation ist gleich für Montagmorgen geplant. Ein Besuch wäre ab Donnerstag möglich, er müsse sowieso noch bis Montag die Woche darauf im Krankenhaus bleiben. Da das ganze Wochenende bereits durch das Helfen beim Sportfest am Ort verplant ist, beschließen wir, dass ich allein fahre.

Kai-Uwe freut sich sehr über meine SMS:

„HEY, MEIN ALTER FREUND, KOMME AM DONNERSTAG, UM DICH ZU BESCHÄFTIGEN. MELDE DICH DOCH BITTE NOCHMALS KURZ AM MITTWOCH, WIE ES DIR GEHT! TOI, TOI, TOI FÜR DIE OP! DU SCHAFFST DAS!!!! DRÜCKER, LENA"

Seine Antwort folgt unverzüglich:

„KLASSE DU **NEUE** FREUNDIN, DIE BUSCHTROMMELN REICHEN BIS FRANKFURT, DU MUSST UNGLAUBLICH GUT AUSSEHEN, FREUE MICH AUF DICH! UMARMUNG, DEIN **ALTER** FREUND"

Am Mittwochabend telefonieren wir kurz miteinander. Er hat nur leichte Schmerzen, ansonsten ist er wohlauf. Ich teile ihm mit, dass ich bereits am Donnerstag in der Früh losfahren möchte. Von Ulm nach Frankfurt fährt man im Schnitt drei bis vier Stunden, je nach Verkehrslage. Da ich ihn bereits außerhalb der Besuchszeiten aufsuchen möchte, wird Kai-Uwe den Krankenschwestern erzählen, dass ich seine Cousine bin. Somit kann ich über die Mittagszeit bei ihm bleiben und wir haben genügend Zeit zum Quatschen. Gegen 14:30 Uhr werde ich wieder Richtung Ulm aufbrechen, damit ich vor dem Berufsverkehr bereits durch Frankfurt durch bin. Kai-Uwe rechnet mit mir ab 10:00 Uhr. Sollte ich früher oder gar später da sein, wäre das für ihn kein Problem, fügt er mit einem Schmunzeln hinzu. Interessant, dass Kai-Uwe trotz der Entfernung aufgefallen ist, dass ich zwanghaft pünktlich sein muss. Über mein Aussehen sprachen wir bisher noch gar nicht. Deshalb bin ich gespannt, was er sagt, und neugierig zu erfahren, von wem er von meiner Veränderung gehört hat.

Der frühe Vogel fängt den Wurm, deshalb fahre ich am Donnerstag gegen 6:15 Uhr gleich nach dem Frühstück in Richtung Frankfurt los. Ich bin noch keine zwanzig Minuten unterwegs und kurz hinter Ulm, da beginnt es dermaßen stark zu regnen, dass man meinen könnte, ein Weltuntergang stehe bevor. Ich hoffe nur, es ist kein schlechtes Omen, denn mich beschleicht ein ungutes Gefühl. Die erste Stunde muss ich sehr konzentriert fahren. Je weiter ich allerdings Richtung Würzburg komme, desto besser wird das Wetter, und das komische Gefühl lässt etwas nach. Auf der Fahrt nach Frankfurt habe ich viel Zeit, meine Gedanken schweifen zu lassen. Kai-Uwe ist ein ganz besonderer Freund, wir sind inzwischen fast dreißig Jahre befreundet. Wir haben uns ursprünglich zu viert auf einem Ferienlager an der Nordsee kennengelernt. Kai-Uwe, seine Freundin Gabi, Klaus und ich. Wir hatten unglaublich viel Spaß in diesen drei Wochen. Dieser Aufenthalt war der Beginn einer wunderschönen Freundschaft, die über Jahre angehalten hat. Wir haben stets viel gemeinsam unternommen. Kai-Uwe und Gabi haben fünf Jahre später beschlossen, zu heiraten, nachdem sie ihr ‚verflixtes siebte Jahr' hinter sich gebracht hatten. Gabi war stark in der katholischen Kirche am Ort engagiert. Zwei Wochen vor ihrer Hochzeit verunglückte Gabi tödlich bei einem Verkehrsunfall auf dem Weg zu einem Jugendgottesdienst. Manchmal frage ich mich, was Gott sich in solchen Situationen denkt. Gabi war gerade einmal dreiundzwanzig Jahre alt. Kai-Uwe hat diesen Verlust meiner Meinung nach nie komplett überwunden. Er ist mit sechsundvierzig Jahren immer noch ungebunden. Er lässt zwar nichts anbrennen, eine feste Bindung geht er jedoch nicht mehr ein. Seine berufliche Karriere hat er so gewählt, dass er ständig eine Ausrede parat hat, um nicht heiraten zu müssen. Kai-Uwe ist Scheidungsanwalt, leider ein sehr guter. Wie oft höre ich ihn sagen, dass er nach all den

Schlammschlachten, die er täglich hört und sieht, kein Bedürfnis zum Heiraten hat! Er ist ein richtiges Karriere-Tier. Er arbeitet ständig, und sein einziges Hobby, außer seinen Liebeleien, ist das Joggen. Kai-Uwe hat es gar nicht nötig Frauen anzubaggern, sie laufen ihm freiwillig hinterher. Schließlich ist das keine Kunst bei seinem Aussehen. Er misst gute einhundertneunzig Zentimer, hat immer noch rabenschwarze Haare, große braune Augen, ein markantes Gesicht und ist sehr schlank. Berichten zufolge ist sogar ein Waschbrett-Bauch vorhanden. Er mag Hunde, schafft sich aber wegen seiner Bindungsangst keinen an, isst unglaublich gerne und schafft es dennoch, diese geniale Figur zu behalten. Ich würde sagen ein ‚*George-Clooney*-Verschnitt ohne Starallüren'. Manchmal, allerdings nur manchmal, lässt er seinen weichen Kern erkennen. Ich mag Kai-Uwe sehr gerne, er kann einem unglaublich gut zuhören, er schenkt mir das Gefühl, wichtig zu sein, und nimmt mich ernst. Ich liebe an ihm vor allem seine absolute Ehrlichkeit.

Das schlimmste an Gabis Tod war für ihn, dass sie im vierten Monat schwanger war und die beiden sich schon sehr auf den Nachwuchs gefreut haben. Kai-Uwe hat sich drei Jahre nach Gabis Tod aus Ulm verabschiedet und auf seine Karriere gestürzt. Aus lauter Furcht, noch einmal diesen unglaublichen Schmerz zu durchleben, hat er eine Vasektomie durchführen lassen. Danach war für ihn das Thema Familie ein für alle Mal erledigt. Wir haben über die Jahre unendlich viele Gespräche geführt, dabei hat sich ergeben, dass ein nicht unwesentlicher Anteil seiner Bindungsschwierigkeiten auch der Einstellung seiner Mama zu zuschreiben ist. Die Gute macht ihm wirklich jede Beziehung madig. Unglaublich, wie viel Einfluss sie auf Kai-Uwe hat, und das, obwohl die beiden auf Grund der räumlichen Verhältnisse zwischen Ulm und Frankfurt eigentlich genügend Abstand haben sollten. Ich mag Kai-Uwes Mama nicht besonders, sie lässt kein gutes Haar an ihrem Sohn. Sie schimpft ständig über sein Lotterleben, er sei ein oberflächlicher Mensch und hätte nie Zeit für sie. Oberflächlich ist Kai-Uwe nur zu Menschen, die er nicht an sich ranlässt, da bin ich mir sicher. Seine Mama spricht dafür ständig von ihrer tollen Tochter Marina, wie erfolgreich und hübsch diese doch ist. Marina hat Modelmaße, ist eine bekannte Moderatorin und lebt in München. Auf mich wirkt Marina eher oberflächlich, denn ihre Stimme im Radio ist stets überfröhlich, und wenn man sie dann in natura sieht, stellt man fest, dass alles nur aufgesetzt und gespielt ist. Wenn ich jetzt so darüber nachdenke, kommen in Kai-Uwes Familie die Männer meist schlecht weg. Kai-Uwes Papa ist bereits mit fünfundvierzig Jahren an Krebs gestorben, sein Schwager vor sieben Jahren im Alter von fünfundvierzig Jahren an einem Schlaganfall. Beide waren nur mit ihrer Arbeit verheiratet, richtige Workaholics. Nun wird mir einiges klar und ich kann verstehen, warum mein Freund Angst hat vor Bindungen. Er vergleicht anscheinend die Frauen, mit denen er eine Beziehung eingeht, mit seiner Mutter und seiner Schwester, und sobald er charakterliche Ähnlichkeiten feststellt, lässt er die Beziehung lieber in die Brüche gehen. Auf alle Fälle bin ich froh, dass Kai-Uwe die in seiner Familie unheilvolle Zahl ‚Fünfundvierzig' hinter sich gelassen hat. Ich bin mir sicher, das alles hat eine Bedeutung. Vielleicht kann ich ja mal mit Costus darüber sprechen. Ungefähr dreißig Kilometer vor Frankfurt stehe ich zwar noch fünf Minuten im Stau, sollte aber laut Navigation dennoch pünktlich in Höchst ankommen.

Wir haben Kai-Uwe schon oft besucht, meist haben wir in der Nähe in einem kleineren Hotel mit den Kindern übernachtet. Ein Muss war dann für uns alle ein Besuch im Main-Taunus-Zentrum in Sulzbach. Dieses liegt gleich neben Eschborn und damit nur fünf Minuten von Kai-Uwes exklusiver

Apartment-Wohnung entfernt. Der Stau und das schlechte Wetter haben dafür Sorge getragen, dass ich nicht zu früh, sondern heute mal ganz pünktlich bin. Ich finde auf Anhieb einen Parkplatz direkt an der Klinik und in dem Moment, in dem ich aus dem Auto steige, kommt die Sonne hinter den Wolken hervor.

Kapitel 12. Kein leichter Weg

Bis ich das Zimmer von Kai-Uwe gefunden habe, vergehen noch weitere zehn Minuten. Er wird sicherlich begeistert sein, dass ich fast eine Punktlandung erreicht habe. Ich bin schon gespannt, was er zu meiner neuen Frisur und der neuen Kleidergröße zu sagen hat. Auf seine Ehrlichkeit kann ich mich verlassen.

Kurz vor seinem Zimmer beschleicht mich wieder dieses ungute Gefühl, welches heute Morgen schon da war. Es scheint sich zu bestätigen, als ich die Tür öffne und nur ein leeres Bett vorfinde. Ich versuche mich zu beruhigen, er ist bestimmt nur bei einer physiologischen Anwendung. Da Kai-Uwe privatversichert ist, hat er ein Einzelzimmer, deswegen kann ich niemanden nach seinem Verbleib fragen. Ich warte auf dem Flur, vielleicht kommt er ja gleich wieder. Meine innere Unruhe nimmt zu, mir wird leicht übel, ich weiß nicht, was gerade los ist. Eine freundliche Krankenschwester kommt auf mich zu und fragt, ob es mir gut geht. Anscheinend sehe ich etwas abgestanden aus. Ich sage ihr, dass alles in Ordnung ist. Sie fragt mich, ob ich die Cousine von Herrn Huber sei. Ich bin etwas verdattert, nicke aber. Als sie freundlich nach meinem Arm greift, fast schon

eine aufmunternde Geste, weiß ich, dass etwas passiert ist. Ich nenne diese Art der Berührung den: ‚Mist-wie-sage-ich-es-ihnen-ohne-dass-sie-umfallen-Griff.'
Ärzte und Krankenschwestern haben meiner Meinung nach, einen ganz eigenen Griff und eine eigene Stimmlage, je nach Situation. Da sie denkt, dass ich die Cousine von Kai-Uwe bin, fängt sie an, mir die aktuelle Situation zu schildern. Herr Huber sei vor ungefähr vier Stunden auf die Intensivstation verlegt worden. Er ist gegen 6:30 Uhr kollabiert, man habe eine akute Thrombose festgestellt. Es wurde unverzüglich ein Medikament gespritzt und weitere Maßnahmen eingeleitet, er müsse nun auf der Intensivstation bleiben. Der Zustand ist kritisch, die Lage lebensbedrohend. Die nächsten sechs Stunden wären entscheidend, ob er überlebt. Seine Mutter und seine Schwester seien darüber informiert worden, beide sind bereits auf dem Weg hierher. Sie sollten ungefähr in einer Stunde im Krankenhaus ankommen. Leider dürften ihn im Moment nur die nächsten Angehörigen auf der Intensivstation besuchen. Mir entweicht alle Farbe aus dem Gesicht. Ich glaube fast zusammenzubrechen, die junge Frau bietet mir sofort einen Stuhl an.

Ich kann gerade nicht klar denken und leiere nur Floskeln herunter:
„Danke, geht sicherlich gleich wieder. Ich bleibe noch fünf Minuten sitzen, dann gehe ich an die frische Luft. Es wird bestimmt gleich wieder besser."
Tatsächlich versuche ich schon nach fünf Minuten aufzustehen. Ich habe nur noch ein Gefühl, ich muss hier weg, ich schaffe das nicht. Es ist die gleiche Situation wie vor zwei Jahren, ich bin zu spät. Wie kann man zweimal zu spät kommen? Draußen vor der Klinik schicke ich Klaus eine SMS mit dem Wortlaut:

„BIN SCHON WIEDER ZU SPÄT, ICH ERTRAGE ES NICHT NOCH EINMAL. KAI-UWE AUF INTENSIV."

Keine zwei Minuten später klingelt mein Handy. Auf dem Display erscheint ein Bild von Klaus. Ich nehme den Anruf entgegen.
„Hör zu, Schatz, ich komme. Ich bin in circa drei Stunden bei dir, ich mache mich gleich auf den Weg. Fahre auf keinen Fall allein nach Hause! Geh' spazieren oder bummeln, versuche, dich abzulenken! Wenn du fahren kannst, fahre vorsichtig bis zum Main-Taunus-Zentrum, das sind nur maximal zehn

Minuten mit dem Auto. Wir treffen uns dort in unserem Lieblingscafé. Ich melde mich, wenn ich da bin, wir finden uns schon. Ich komme, du bist nicht allein!" Mit diesem Satz legt Klaus auf.

Ich versuche, mich zu sammeln, die Situation reißt unglaublich tiefe Wunden auf. Erinnert sie mich doch zu sehr an den Tod meiner Eltern und meine Hilflosigkeit damals. Ich laufe ziemlich ziellos umher. Am Mainufer angekommen, setze ich mich auf eine Bank. Der Versuch, mich zu beruhigen, gelingt mir jedoch nicht wirklich. Ich steigere mich immer mehr hinein. Ich nehme wahr, dass sich jemand neben mich setzt, blicke allerdings nicht auf. Nach fünf Minuten endloser Tränen fragt mich eine mir bekannte Stimme: „Was ist los, Lena?"

Ich zucke zusammen, die Stimme kenne ich. Ich würde sie unter tausenden wieder erkennen. Ich fühle eine kleine Erleichterung, denn beim Aufblicken sehe ich in die faszinierend blauen Augen, die mir schon so oft Hoffnung geschenkt haben. In mir macht sich in diesem Moment ein Gefühl von Geborgenheit breit, wie immer, wenn ich Costus treffe. Er gibt mir Zeit, mich zu beruhigen.

„Möchtest du mir erzählen, was dich gerade bewegt?", fragt er ganz ruhig.

Ich sammle mich. Dann beginne ich ihm zu erzählen von allem, was gerade und was damals passiert ist:
„Kai-Uwe ist auf der Intensivstation, und er kämpft um sein Leben. Die nächsten Stunden entscheiden darüber, ob er überleben wird oder nicht. Ich kann es nicht verstehen. Er war gestern Abend noch gut gelaunt und wohlauf. Was mir jedoch am meisten zusetzt, ist die Situation, in der ich mich befinde. Zu viel davon erinnert mich an den Tod meiner Eltern. All die Gefühle, die vor zwei Jahren auf mich eingeströmt sind, sind wieder da. Es tut so unglaublich weh."
Die Erinnerungen an die Geschehnisse von früher tauchen derart lebhaft vor meinem inneren Auge auf, dass es mich schmerzt. Langsam beginne ich weiterzusprechen:
„Der schwerste Schlag war für mich, dass ich damals wie heute zu spät ins Krankenhaus gekommen bin. Auch seinerzeit war es mir nicht vergönnt, noch mit jemandem zu sprechen. Ich mache mir seitdem unglaublich viele Vorwürfe und versuche, wo es nur geht, früher da zu sein. Meine Eltern waren gemeinsam in einen Verkehrsunfall verwickelt. Meine Mama hatte an diesem Tag einen Termin beim Augenarzt. Ursprünglich sollte ich mit ihr zum Arzt gehen, dann hat sie aber mein Papa wie schon oft zum

Arzt gefahren. Meine Mama musste nach der Behandlung von jemandem begleitet werden, da sie durch die Tropfen, die sie bekommen hatte, nichts mehr sehen konnte und damit auf Hilfe angewiesen war.

Meine Eltern pflegten trotz der Trennung einen freundschaftlichen und liebevollen Umgang miteinander. Sie haben sich stets gegenseitig unter die Arme gegriffen und unterstützt. Es gab niemals eine Schlammschlacht, wie man sie bei anderen Scheidungen kennt. Zur Trennung meiner Eltern kam es, wie du sicherlich weißt, weil mein Vater ein einziges Mal fremdgegangen ist. In diesem Fall half die Floskel: ‚Einmal ist keinmal' leider nicht. Meine Mama konnte ihm diesen Fehler nie verzeihen, geschweige denn vergessen. Sie haben sich beide nie wieder langfristig gebunden, keiner von beiden hat je wieder eine Beziehung gehabt. Manchmal glaube ich, sie hatten trotz ihrer Trennung doch noch Gefühle füreinander. Durch meine Erfahrungen mit dir, Costus, weiß ich jetzt zumindest, dass ich keine Schuld an dieser Trennung zu tragen habe, denn jahrelang hatte ich mir die Schuld dafür gegeben, da ich damals meine Mama auf diesen Seitensprung aufmerksam gemacht hatte."

Ich mache eine kurze Pause, schlucke schwer und erzähle dann weiter: „Auf dem Weg von der Augenarztpraxis zum Parkhaus wurden meine Eltern von einem Auto erfasst. Eine junge Autofahrerin war zu schnell unterwegs und hatte dabei wohl auch noch die rote Ampel übersehen. Meine Eltern sind schwerverletzt ins Krankenhaus eingeliefert worden und wurden sofort einer Notoperation unterzogen. Bis die Benachrichtigung bei mir angekommen war, waren beide schon im Operationsraum. Ich bin damals unverzüglich losgefahren, musste dann aber im Krankenhaus vor der Intensivstation warten. Das ewig lange Warten im Krankenhaus und die Ungewissheit setzten mir schwer zu. Klaus war auf einem Meeting in Berlin und nicht erreichbar. Nach unendlich langen drei Stunden wurde mein Papa aus dem Operationsraum geschoben. Er war ansprechbar, jedoch etwas benommen. Mittlerweile war auch mein Bruder Thomas angekommen. Der begleitende Arzt sagte uns, dass er stabil sei. Wir könnten ihn auch gerne in etwa einer Stunde, wenn die Narkose nachgelassen hatte, besuchen. Einer nach dem anderen. Er sagte uns, dass mein Papa unglaubliches Glück gehabt hatte. Er selbst sei überrascht, dass es so glimpflich ausgegangen sei, allerdings müsste man abwarten, ob sich das rechte Auge meines Vaters von der Operation erholen würde. Wir sollten, um das gesunde Auge nicht zu sehr anzustrengen, nur einzeln zu ihm gehen. Thomas wollte unbedingt als erster zu ihm, er müsse ihm etwas Wichtiges sagen. Wir haben die ganze Stunde nicht miteinander gesprochen. Jeder von uns wollte die Situation nicht wahrhaben, geschweige denn irgendetwas Sinnloses sprechen. Die Operation bei meiner Mama dauerte länger und niemand war in der Lage uns etwas zu sagen. Das Warten in einer solchen Situation kostet unglaublich viel Kraft.

In der Zeit, als Thomas bei unserem Papa war, kam ein Arzt auf mich zu, fasste mich mit diesem *‚Mist-wie-sage-ich-es-ihnen-ohne-dass-sie-umfallen-Griff'*, am Arm, um mir mitzuteilen, dass meine Mama die Operation nicht überstanden hatte. Ich hatte die Nachricht zwar aufgenommen, aber nicht wirklich verstanden. Ich brauchte bestimmt fünf Minuten, um zu begreifen, was eben geschehen war. Wie in Trance machte ich mich auf den Weg zum Zimmer meines Vaters, um es Thomas mitzuteilen, als ich dort einen unglaublichen Auflauf von Ärzten bemerkte. Thomas wurde aus dem Zimmer geschickt, und als er mich sah, war ihm sofort bewusst, dass etwas Schreckliches geschehen sein musste. Ich glaube noch heute, dass er in meinem Gesicht lesen konnte, dass meine Mama gestorben ist. Genau zehn Minuten, nachdem meine Mama ihr Leben ausgehaucht hatte, hat auch das Herz meines Papas aufgehört zu schlagen. Einfach so, ohne ersichtlichen Grund. Die Ärzte können sich das bis heute nicht erklären. Costus, kannst du dir das vorstellen, ohne Grund, einfach so. Tot, beide tot. Dabei waren sie beide mit ihren siebzig Jahren noch gesund und rüstig!

Thomas und ich waren beide absolut geschockt. Der behandelnde Arzt Dr. Talu machte es möglich, dass meine Eltern im Krankenzimmer aufgebahrt wurden. Es ist diesem einfühlsamen Arzt zu verdanken, dass wir beide und auch jeder für sich in einem ganz normalen Krankenzimmer von unseren Eltern Abschied nehmen konnten. Meine Eltern haben ihre Körper nach ihrem Tod der Universität Ulm zu Forschungszwecken überschrieben. Eine Trauerfeier im klassischen Sinne gab es deshalb nicht, sondern nach eineinhalb Jahren eine größere Trauerfeier für alle Forschungsopfer im Ulmer Münster."

„Hast du dich in diesem Zimmer von deinen Eltern verabschiedet, Lena?"

Ich ahne, worauf Costus hinaus will, möchte es aber nicht wahrhaben. Es hat aber auch keinen Zweck ihn zu belügen, denn ich weiß, dass er genau über alles informiert ist, was damals geschehen war. Während

ich ihm gerade alles erzählt habe, konnte ich an seiner Mimik und Gestik erkennen, dass er das Geschehen kennt. Deshalb antworte ich wahrheitsgemäß:
„Nein, ich war nur zwei Minuten in dem Zimmer, dann bin ich weggelaufen."
„Würdest du dich von deinen Eltern verabschieden wollen?", fragt er mich hoffnungsvoll.
Ich nicke. Die Gelegenheit, noch einmal lebend mit ihnen zu sprechen, lasse ich mir nicht entgehen. Costus fasst meine Hände, und schlagartig geht es los. Der typische Zoomblickwinkeleffekt, der Zeitraffer, das volle komplette Programm, sowohl mit der Übelkeit und dem legendären Schwanken, als auch der Kälte setzt ein.
Das einzige, was anders ist, ist das Schwanken, es ist dieses Mal recht kurz, und darüber bin ich wirklich froh.

Kapitel 12.a 6. Seelensplitter: Freiheit

Ich kann nicht fassen, wo ich gelandet bin. Ich bin in dem Krankenzimmer, in welchem meine Eltern aufgebahrt wurden. Ungläubig schaue ich zu Costus, es muss sich hierbei um eine sehr seltsame Art von Humor handeln, denn das darf jetzt ja wohl nicht wahr sein! Ich sehe, wie ich selber in diesem Zimmer bin, ich erlebe noch einmal genau die zwei Minuten von damals. Ich sehe und fühle meine tiefe Verzweiflung, das Gefühl der Hoffnungslosigkeit, des Alleinseins, all das erfasst mich erneut. Ich spüre und sehe, wie mein altes ICH versucht, sich beiden zu nähern. Vor lauter Angst gelingt das allerdings nicht. Als mein ICH das Zimmer verlässt, weil ICH mit dem Tod nicht umgehen kann, breche ich zusammen. Es fühlt sich an, als würde sich der Boden unter meinen Füßen auftun. Kraftlos und wie in Demut sinke ich zusammen. Ich knie zwischen den Betten meiner Eltern, dabei spüre ich, wie ein tiefer Schrei des Entsetzens in mir ist, der mir die Kehle zuschnürt. Tränen laufen mir über die Wangen, ich fühle mich hilflos angesichts des Todes und dessen, was meinen Eltern das Leben nahm. Ich versuche, mich aufzurichten, ich möchte nur noch von hier weg. Meine Beine sind wie Gummi, mein ganzer Körper lässt ein Aufstehen nicht zu. Mein Verstand und mein Körper sind in diesem Augenblick gefangen. Mein Blick wandert zu Costus; ich flüstere, denn auch meine Stimme gehorcht mir nicht mehr.

„Warum muss ich das noch einmal erleben, was soll das, Costus?"

„Warte, Lena, deine Eltern sind zwar tot, doch ihre Seelen sind noch da. Bitte habe etwas Geduld, ich verspreche dir, es wird gleich besser. Du musst den Schmerz noch etwas länger ertragen, Lena, bitte!"

Ich glaube nicht, dass er verstehen oder sogar erfassen kann, was er gerade von mir verlangt. Dieser Schmerz, dieser große Schmerz ist beinahe unerträglich. Gerade, als ich ansetze, etwas zu erwidern, spricht Costus weiter:

„Am Ende jedes Lebens wird jeder Seele klar, was ihre Aufgabe auf Erden war. Sie hat für einige Zeit ein Bewusstsein für das große Ganze. Das Traurige daran ist, dass sie dann nicht mehr in der Lage ist, etwas zu verändern. Die Seele hat ein allumfassendes Wissen in dieser Zeit. Sie weiß genau, was sie sagen muss, damit alles sich zum Guten wendet. Sie kann die Zusammenhänge aller Seelen erkennen. Die Seele sieht, welche Fehler sie gemacht hat, welche Schuld sie auf sich geladen hat, und welche anderen Seelen sie verletzt hat. Zu diesem Zeitpunkt erkennen einige, welche Seele ihre wahre Liebe ist und welche Seele für sie bestimmt war. Mit wem sie ihren Weg hätte gehen müssen. Dieses große Geschenk der Klarheit ist der Preis für das Leben. Ich glaube, dein Papa wollte ohne deine Mama nicht leben und umgekehrt. Ich gehe davon aus, sie waren tatsächlich füreinander bestimmte Seelen, sie hatten gemeinsam die wahre Liebe gelebt, solange sie zusammen waren. Das zeigt sich auch darin, dass sie nie wieder jemanden auf diese eine bestimmte Art und Weise in ihr Herz gelassen haben. Der gemeinsame Todeszeitpunkt spricht für eine solche wunderbare Form der Liebe."

Wie gefesselt höre ich Costus zu, deshalb zucke ich leicht zusammen, als ich, so unglaublich es auch klingen mag, meine Eltern sprechen höre.

„Warum ist Lena so schnell wieder aus dem Zimmer?", höre ich meine Mama meinen Vater fragen.

Mein Papa antwortet: „Mach dir keine Sorgen, Christa, sie wird es schaffen, sie kommt über diesen Schmerz hinweg. Sie war immer eine starke Persönlichkeit, trotz ihrer Verletzlichkeit, die sie ungern jemandem gezeigt hat. Mach dir keine Sorgen um unsere Kleine, Christa! Sie wird ihren Weg gehen, sie hat doch Klaus an ihrer Seite. Er wird für sie da sein."

„Ich hoffe, dass du Recht hast, Manfred. Sollte sie aber auch nur ein wenig nach mir kommen, Manfred, dann wird sie sich in ihr Schneckenhaus zurückziehen und niemanden mehr an sich heranlassen, und das bestimmt über Jahre. Sie wird sich dann nie verzeihen, dass du mich zum Arzt begleitet hast und nicht sie mit-gegangen ist. Danach wird sie sich unter all dem Schmerz und dem Leid vergraben, sie wird versuchen, es nur mit sich selbst auszumachen, und alles wird sich in ihr aufstauen. Ich hätte ihr so gerne noch gesagt, wie lieb ich sie habe. Schade!"

Costus berührt mich ganz sachte, schlagartig wird es im Zimmer ganz hell, ein Lichtstrahl erfasst und blendet mich. Es scheint, als wäre ich in einer anderen Dimension. Es dauert ein paar Minuten, bis ich wieder klar sehen kann. Unglaublich, ich kann die Seelen meiner Eltern erkennen. Sie sind durchlässig, doch man kann ihre menschliche Gestalt noch erahnen. Zwischen den beiden ist ein Lichtwesen erkennbar, das ganz ruhig zu ihren Füßen sitzt. Costus gibt mir zu verstehen, dass ich mit meinen Eltern sprechen soll.

„Mama, ich bin hier! Es tut mir so leid, dass ich gerade einfach aus dem Zimmer gelaufen bin. Der Schmerz war so groß. Ich hätte bleiben sollen, das hast du nicht verdient. Ich wollte es nicht, und doch bin ich wie immer davon gelaufen."

„Ach, Lena, meine Kleine, ist das schön, dich noch einmal zu sehen!"

„Mamili, ich hab dich so unglaublich lieb. Du fehlst mir so sehr. Ich möchte dir noch viel sagen, so viel erzählen. Ich habe in den letzten Wochen so viel gelernt und so viel erfahren. Ich weiß jetzt viel mehr über das Leben, das Schicksal und die Seele des Menschen. Ich wünschte mir, ich könnte die Zeit zurückdrehen. Wenn ich dich begleitet hätte, wäre der Unfall vielleicht nie passiert."

Mit Mamili habe ich meine Mama immer angesprochen, wenn ich sie besonders lieb hatte oder etwas von ihr wollte, was ich sonst ohne Weiteres nicht bekommen hätte.

„Lena, es war alleine unsere Entscheidung, an diesem Tag gemeinsam unterwegs zu sein. Du trägst für diesen Unfall keine Schuld, dein Papa und ich passen besser aufeinander auf, als du es je könntest. Er ist mein Partner auf allen Ebenen und es ist nicht deine Aufgabe, hier Verantwortung zu übernehmen oder es zu werten. Was allerdings noch viel wichtiger ist: Behalte dir das Wissen über die Seele des Menschen, es ist wichtig für deine Aufgabe!", antwortet meine Mama.

Ich bin etwas überrascht, mit einer solchen Antwort hätte ich nicht gerechnet. Sie nimmt mir die Schuld und lässt mich sein, wie ich bin. Dennoch scheint ihr das Wissen, dass ich erlangt habe, wichtig zu sein. Ich komme gar nicht zum Nachfragen, denn mein Lebensberater flüstert mir zu, ich solle meiner Mama die Anerkennung für ihr Leben und ihr Schicksal zukommen lassen und mich für mein Leben bedanken. Noch bevor ich dazu komme, nimmt mich meine Mama in den Arm. Wie ein kleines Kind kuschle ich mich in ihren linken Arm. Ein 'Herz auf Herz' Gefühl stellt sich ein, eine Woge der Geborgenheit erfasst mich, und ich weine wie ein kleines Kind. Alle Schuld scheint von mir zu weichen, und ich fühle mich aufgehoben, geborgen und beschützt in den Armen meiner Mama. Ein tiefes Gefühl der Verbundenheit und der Liebe erfüllt mich, lässt mich für Sekunden, Minuten, eins sein mit meiner Mama. Wir stehen beide minutenlang in dieser innigen Umarmung. Ich genieße die Gefühle und werde diese in meinem Inneren für immer bewahren. Das kann mir niemand auf der Welt mehr nehmen. Ich löse mich von ihr. Meine Mama fasst mich an den Händen, dabei spricht sie ganz liebevoll mit mir:

„Lena, für mein Leben und mein Schicksal war ich ganz alleine verantwortlich. Alles, was zu meinem

Leben und Schicksal gehört, gehört zu mir und soll auch für immer meines bleiben. Du hast dein Leben noch vor dir, und das ist richtig und gut so. Wie ich mein Leben und meine Ehe geführt habe, ist ganz alleine meine Sache. So wie ich es gemacht habe, hat es sich für mich richtig angefühlt, das hast du nicht zu bewerten. Es ist mir wichtig zu wissen, dass du jetzt aus deinem Leben etwas machst. Sollte ich die vielen Jahre dir durch mein Verhalten Schmerz zugefügt haben, so nehme ich diese Schuld auf mich und trage diese. Ich trage auch die Schuld für all die vielen Male, die ich nicht für dich da war, als du mich gebraucht hast. Diese Schuld bleibt bei mir, diese Schuld nehme ich mit. Ich trage mein Schicksal selber, das brauchst du nicht zu tun, denn es ist meines und darf auch meines bleiben. Du bist frei, frei dein Leben so zu leben, wie du es möchtest, Lena. So wie du bist, meine Kleine, bist du richtig! Nimm dir das Glück!"
Aufmunternd lächelt sie mir zu. Ich antworte ihr: „Mama ich nehme mir die Freiheit und mache aus meinem Leben, was immer ich mag. Ich achte dich und die Opfer, die du für mich gebracht hast."
Ein letztes Mal nimmt sie meine Hände, drückt diese liebevoll und sagt dabei:
„Jetzt gehe zu deinem Vater, sprich mit ihm, er wartet schon so lange darauf."

Kapitel 12.b 7. Seelensplitter: Erkenntnis

Mit einem Gefühl der Erleichterung wende ich mich meinem Papa zu und bemerke, dass die Lichtgestalt immer noch zwischen meinen Eltern ist.

„Lena, mein Schätzchen", sagt mein Papa freudig.

„Ach, Papa, ich habe dich lieb. Es ist mir all die Jahre sehr schwer gefallen, dir das zu sagen. Ich glaube, da sind wir uns sehr ähnlich. Ich wollte alles viel besser machen als du und dachte immer, ich wäre die stärkere Person von uns beiden. Das war sehr anmaßend von mir, so zu denken. Du musst mir glauben, ich wollte eure Ehe damals nicht zerstören, ich wollte Mama davor bewahren, den Schmerz zu fühlen, den man spürt, wenn man hintergangen wird."

„Aber Lena, an dieser Situation bin ich schon selber schuld und nicht du. Das habe ich zu verantworten, schließlich bin ich der Große und du bist die Kleine."

Er wiederholt den Satz, „Ich bin der Große und du bist die Kleine" viele Male. „Ich bin der Große und du bist die Kleine, ich bin der Große und du bist die Kleine ...", dabei passiert etwas Seltsames mit mir. Die unüberwindbare Hürde, die sich über Jahre zwischen ihm und mir aufgebaut hatte, scheint zu verschwinden. Ich werde in der Tat immer kleiner und spüre, dass ich hier nichts mehr zu tragen habe.

Als er diesen Satz ein letztes Mal ausspricht, öffnet er seine Arme, und im nächsten Moment schmiege ich mich schon an ihn. Ganz automatisch, ohne großes Zutun. Ich habe meinen Papa seit vielen Jahren nicht mehr umarmt, ich konnte es einfach nicht. Jetzt liegen wir sinnbildlich Herz auf Herz, dabei laufen meine Tränen unaufhörlich und ich schluchze wie ein kleines Kind. Tiefe Gefühle ergreifen mich, Geborgenheit, Sicherheit, Liebe, Zuneigung und Zuversicht. Ich genieße jedes Einzelne und verankere es tief in mir. Diese Gefühle gehören mir, mir ganz allein. Ich fühle keine Schwere mehr, eine Schwere, die mich über Jahrzehnte belastet hatte. Nach einer gefühlten Ewigkeit löse ich mich von meinem Papa. Er hält mich liebevoll an meinen Händen.

„Lena, für das, was man tatsächlich verursacht, muss man auch die Schuld tragen. Das habe ich erst am Ende meines Lebens erfahren. Aus Liebe die Schuld für einen anderen auf sich zu nehmen, bringt keinen von beiden weiter. Dieses Verhalten prägte mein ganzes Leben. Ich hatte immer Angst davor, mir vom Leben das zu nehmen, was ich wollte, und mich nie getraut, glücklich zu sein oder Erfolg zu haben. Diese Angst hat über Jahre hinweg auf dich abgefärbt. Bitte lasse diese Angst ab sofort bei mir!" Er hält kurz inne und schaut zu meiner Mama. Es scheint so, als ob sie

sich über ihre Gedanken austauschen, denn meine Mama tritt nun neben ihn und drückt ihm aufmunternd die Hand. Mein Papa spricht weiter: „Wir haben nicht gewusst, dass wir an diesem Tag sterben werden, aber im Nachhinein sind wir beide unendlich froh, dass du am Leben bist. Wir hatten beide ein schönes Leben, alles, was das Schicksal uns beschieden hat, haben wir gerne getragen, damit du und deine Kinder das nicht tragen müsst. Wir hatten unser Leben, doch du hast deines noch vor dir."
Jetzt fließen noch mehr Tränen, falls das überhaupt möglich ist. In diesen Worten ist so unglaublich viel Liebe. Ich weiß, sie hätten ihr Leben jeder Zeit für meines gegeben, so wie ich meines für meine Kinder geben würde.
Das wird mir noch bewusster, als mein Papa weiterspricht:
„Lieber gebe ich mein Leben als du! Lieber gehe ich als du. Glaube mir, niemals wollte ich dich verletzen oder dir Schmerz zufügen, dafür habe ich dich viel zu lieb! Für all die vielen Male, bei denen ich nicht da war, als du mich gebraucht hattest, und die damit verbundenen Verletzungen, trage ich die Schuld. Für all die Kränkungen an dir oder deiner Seele bleibt die Schuld bei mir. Es war mein Schicksal, ich trage es gerne und sag dir jetzt: Lass es mir! Hörst du, Lena,

du bist frei, ich trage mein Schicksal alleine. Nimm das Geschenk der Freiheit an, Lena!"

Mit Tränen überströmt und mit einem Lächeln im Gesicht antworte ich:

„Papa, ich nehme mir diese Freiheit und bin dir dankbar dafür, dass du die Schuld trägst. Papa, du hast für immer einen festen Platz in meinem Herzen."

Mein Papa drückt ein letztes Mal zärtlich und voller Liebe meine Hände und spricht: „Lena, so wie du bist, bist du richtig. Nimm dir das Glück, den Erfolg und alles, was du vom Leben möchtest! Ich gönne es dir von ganzem Herzen."

Ich fühle mich so leicht, so glücklich und absolut im Reinen. Ich blicke voller Dankbarkeit zu meinen Eltern. Beide schenken mir ein märchenhaftes Lächeln, das mir das Gefühl gibt, dass ich jetzt alles erreichen kann, was ich in meinem Leben auch erreichen möchte. Dieses Lächeln ist nicht nur sichtbar, sondern auch spürbar.

Das Lichtwesen sitzt immer noch zu Füßen meiner Eltern. Ich richte meinen Blick auf dieses Wesen, dabei erhebt es sich und spricht mich an.

„Lena, zwischen deinem Bruder Thomas und dir wäre beinahe ich auf diese Welt gekommen!"

Als das Wesen diesen Satz sagt, weiß ich plötzlich, dass auch meine Eltern mit einer Fehlgeburt zu kämpfen hatten, und mir wird bewusst, dass dies ihre Ehe noch zusätzlich belastet haben musste.

„Es war meine Entscheidung, nicht auf diese Welt zu kommen. Diese Entscheidung hatte nichts mit dir zu tun. Ich habe mich der Herausforderung Leben nicht gestellt. Doch du bist am Leben, und du nutzt es nicht. Geh endlich das Wagnis Leben ein, mit allen damit verbundenen Konsequenzen!"

Es dauert eine ganze Weile, bis mir klar wird, dass, wäre dieses Baby tatsächlich auf die Welt gekommen, ich wahrscheinlich nie geboren worden wäre. Diese Tatsache entspricht der Wahrheit, denn meine beiden Eltern haben je nur ein Geschwisterteil, das heißt, dass es von ihrer Struktur her nie vorgesehen war, drei Kinder zu haben. Ich bin am Leben, ich habe mich für das Leben entschieden, und nun entscheide ich mich dafür, dass kein Moment des Lebens umsonst ist. Deshalb sage ich zu dem Lichtwesen und zu meinen Eltern:

„Ich sage ab sofort ‚Ja' zum Leben und nehme die Herausforderung Leben an, mit allem, was es für mich bereithält!"

Kaum, dass ich diesen Satz ausgesprochen habe, erfüllt ein grellweißes Licht den Raum. Aus allen drei Seelen löst sich je ein kleiner Splitter, die sich zu einem Seelensplitter zusammenfügen und danach in zwei Seelensplitter aufteilen. Der ganze Raum glitzert voller Farben, in allen Facetten, bis sich zwei Farben heraus kristallisieren. Ein Seelensplitter hat die Farbe Rot, der andere die Farbe Blau. In dem Leuchten kann man Freude, Zuversicht und Hoffnung erkennen, auch wenn dies eigentlich unmöglich ist. Die Splitter kommen direkt auf mich zu, umkreisen mich, hüllen mich ein. Die Farbe Lila umgibt mich komplett und es fühlt sich an, als würde mich jemand in einen Mantel hüllen, der mich stark macht. Danach dringen beide Splitter über meine Hände vollkommen sanft in mich ein. Ich fühle mich wertvoll, geliebt und klar. Ich fühle komplette Freiheit, Hoffnung, Zuversicht und Vertrauen, und ich weiß, dass mich das alles nie wieder verlassen wird.

Mit dieser Gewissheit erfasst mich der Zoomblickwinkeleffekt, der Zeitraffer, das volle Programm, mit der Übelkeit und dem legendären Schwanken, auch die Kälte setzt ein. Wenige Sekunden später sitze ich wieder auf der Bank neben meinem Seelenhüter.

Kapitel 12.c Fragen zum Leben

Costus sitzt neben mir und lächelt, sein ihm eigenes Lächeln, das Eis zum Schmelzen und Vögel zum Singen bringen kann.

„Komm, lass uns im Main-Taunus-Zentrum einen Cappuccino trinken! Ich schätze, Klaus wird in ungefähr zwei Stunden, inklusive Bahn und Taxi, da sein", sagt Costus.

Ich frage meinen Lebensberater erst gar nicht, woher er das weiß und nehme es als gegeben. Wir fahren gemeinsam mit unserem *Audi A4* die vier Kilometer. Wir gehen direkt in zu der französischen Bäckerei *La Maison du Pain*.

Anscheinend weiß Costus sogar, wo es hier in der Nähe von Frankfurt den besten Cappuccino gibt. Ich liebe diese kleine Bäckerei, in der man zu jeder Tageszeit noch ein Frühstück erhalten kann, schon allein wegen ihrer leckeren Brioche. Zu der Bäckerei gehört auch noch ein schönes Café. Dadurch, dass an den Wänden Regale sind, fühlt man sich gar nicht wie in einem Café. Die Holzstühle sind gemütlich, das Café wirkt leicht rustikal. Das allerbeste dort ist für mich tatsächlich der Cappuccino. Wir bestellen zwei der Getränke. Hunger habe ich keinen, trotz Brioche. Nachdem unsere Getränke gekommen sind, genießt mein Lebensberater erst einmal seinen Milchschaum vom Cappuccino.

„Wie fühlst du dich jetzt, Lena?", fragt mich mein Seelenhüter.

„Wie ein neuer Mensch, als würde ich alles zum allerersten Mal machen. Das Autofahren hat sich schon komplett anders angefühlt, es lässt sich schwer beschreiben. Ich würde sagen, alles ist bunter, schöner und heller für mich. Trotzdem mache ich mir Sorgen um Kai-Uwe, Costus!"

„Darauf, liebe Lena, haben wir keinen Einfluss, das darf euer Freund ganz allein entscheiden. Ihr müsst seine Entscheidung akzeptieren, auch wenn diese schmerzen sollte. Du weißt doch, jede Seele bestimmt den Zeitpunkt, wann sie ihre Aufgabe erfüllt, und jede Seele bestimmt, wie lange sie auf Erden weilen möchte."

Eigentlich habe ich mit einer anderen Antwort gerechnet wie: „Lena, das wird wieder gut, da bin ich mir sicher!" Ich glaube, ich schaue meinen Seelenhüter sehr entsetzt an, denn er beginnt mir zu erklären:

„Kai-Uwe muss entscheiden, ob er die Herausforderung Leben annehmen möchte, mit allen Höhen und Tiefen, oder nicht. Diese Entscheidung trifft er jetzt für sich. Er kann sich trotz des Schicksals seines Vaters für das Leben entscheiden. Jeder Vater und jede Mutter möchte allen Schmerz von den Kindern abhalten. Das läuft auf einer unbewussten Schiene in unserem Unterbewusstsein ab. Wenn ich dich frage: Würdest du eine Krankheit oder ein Schicksal auf dich nehmen, damit keines deiner Kinder oder Enkelkinder dieses Schicksal dann tragen müsste? Würdest du es tun?"

Da brauche ich keine Zeit zum Nachdenken, deshalb lautet meine Antwort:

„Selbstverständlich würde ich alles tun" und nicke dazu, um meine Antwort zu untermauern.

„Okay! Nun, Kai-Uwes Papa hat dieses Schicksal auf sich genommen, damit sein Sohn es nicht noch einmal tragen muss."

Genau das muss mein Papa vorhin auch gemeint haben. Jetzt wird mir einiges klarer.

„Hoffentlich kommt diese Erkenntnis bei Kai-Uwe an! Würde es etwas bringen, wenn ich mir Kai-Uwe jetzt vorstelle und zu ihm sage, er braucht dieses Schicksal nicht noch einmal zu bestätigen?"

„Vielleicht", antwortet mein Seelenhüter.

„Nun, dann mache ich es jetzt einfach." Ich stelle ihn mir dabei vor und sage hörbar: „Kai-Uwe, du brauchst das Schicksal deines Vaters nicht mehr bestätigen! Sag ‚Ja' zum Leben, alter Freund!"

„Du gehst sehr forsch an die Sache ran, meine Liebe. Wir werden sehen, was passiert." Er schmunzelt dabei.

„Jetzt aber wieder zurück zu dir! Hast du noch Fragen?"

„Ja, drei Fragen hätte ich noch. Worauf soll ich weiterhin achten, damit alles gut bleibt oder noch besser wird? Wie kann man sich abgrenzen? Ich möchte nicht, dass mich andere Schicksale so belasten. Und machst du diesen Job alleine?"

„Zu Frage Nummer eins: Hole dir jeden Abend die Liebe deiner Eltern! Dieses Gefühl der Geborgenheit, der Zuversicht und der Liebe ohne Erwartungen, die du vorhin gespürt hast. Übrigens, eine Liebe, die an Erwartungen geknüpft ist, lässt dich nicht wachsen. Gehe bitte auch so mit deinen Kindern um! Habe sie lieb, wie sie sind, denn so sind sie richtig! Lass sie ihr Leben so leben, wie sie es wollen! Hilf ihnen nur, wenn sie Hilfe benötigen und sie dich danach fragen! Ansonsten hab Vertrauen, dass die zwei ihren Weg gehen! Du hast zwei wunderbare Kinder. Das mit der Hilfe ist auch für Freunde gültig. Gib Deine Hilfe nur, wenn diese verlangt wird, sonst ist sie im wahrsten Sinne des Wortes umsonst! Hab den Fokus auf dein eigenes Leben und kümmere dich darum!"

Klingt einfach, denke ich. Ich hoffe, es lässt sich auch so gut umsetzen, wie es sich anhört.

Costus spricht weiter: „Natürlich bedeutet dies harte Arbeit, und es bedeutet Selbstreflexion. Aber ich weiß, dass du das richtig machen wirst. Habe Vertrauen - ich hab dieses Vertrauen in dich, ich glaube an dich, Lena!"

Ich bin gerührt. Es fühlt sich über alle Maßen gut an, wenn jemand an einen glaubt, so wie es mein Seelenhüter macht!

„Nun zur Frage Nummer zwei: Dafür gibt es einen wunderschönen Satz, den du auch schon ein paarmal gesagt hast. Dieser lautet: Ich achte dich, dein Leben und dein Schicksal, aber es ist deines und soll deines bleiben.

Dieser Satz hilft dir, dich gegenüber anderen abzugrenzen. Merke ihn dir besonders gut! Ich denke, du verstehst den Sinn nach allem, was wir bereits gemeinsam erlebt haben. Bitte merke dir, jede Seele weiß, was sie sich zumutet, bevor sie auf die Erde kommt. Jeder Mensch möchte am Ende seines Daseins die Achtung für sein Leben und sein Tun erhalten. Ob das nun gut oder schlecht war, das entscheiden nicht wir! Habe ich die beiden Fragen ausreichend beantwortet, Lena?"

„Ja, jetzt erst ergibt so vieles mehr Sinn, und ich verstehe die Zusammenhänge auch immer besser. Ganz lieben Dank, Costus."

„Kommen wir zu deiner letzten Frage: Es gibt außer mir noch neun Seelenhüter, von denen außer mir nur eine Seelenhüterin hierher nach unten kommt. Die anderen bleiben lieber oben an ihrem Arbeitsplatz."

Er zeigt mit dem Finger nach oben und mir wird klar, was er damit meint. Ich würde zu gerne wissen, wie dieser Arbeitsplatz aussieht, denn dieser Job hört sich ziemlich interessant an.

„Die anderen wollen nicht hierher, es sind zu viele schmerzhafte Erinnerungen, die sie davon abhalten, auf die Erde zu gehen. Normalerweise sind wir nur für kurze Augenblicke hier unten und meist nur für einen, maximal zwei Besuche bei unseren Schützlingen. Du bist da eine Ausnahme, Lena, denn bei dir war einfach mehr Hilfe notwendig. So etwas kommt nur alle paar Jahrzehnte einmal vor. Allerdings hat es mir aber auch unglaublich viel Spaß gemacht, mit dir länger zu arbeiten. Du bist eine tolle Frau. Trotzdem merke ich, dass ich langsam viel zu alt für diesen Job werde, irgendwann brauchen wir mehr Unterstützung und ich einen würdigen Nachfolger. Alles, was gerade hier bei euch auf Erden passiert, macht Menschen mit zarten Seelen Angst. Dann

fühlen sich diese Seelen in den Menschen überfordert und können ihre Aufgabe nicht erfüllen. Aber das soll jetzt nicht deine Sorge sein. Ich bin mir sicher, dafür finden wir Lösungen."
Ich könnte meinem Seelenhüter noch ewig zuhören, aber ich merke, dass er sich zum Gehen bereit macht.
Deshalb frage ich noch ganz schnell:
„Sehen wir uns noch einmal?"
Mir wird bewusst, dass ich im Besitz fast aller Splitter bin, und wie Costus gesagt hat, wird sich der letzte im richtigen Moment zeigen. Ich bin etwas traurig, denn mir wird klar, dass das heute ein endgültiger Abschied ist. Costus braucht es nicht einmal auszusprechen.
„Vielleicht, meine liebe Lena, man weiß ja nie!", antwortet er, zwinkert mir zu und geht.

Kapitel 13. Daheim

Genau in dem Moment, als Costus geht, klopft jemand an die Scheibe vom Café. Es ist Klaus. Mir steigen vor Freude Tränen in die Augen. Er hat für mich alles stehen und liegen lassen, um bei mir zu sein, wie er es versprochen hat. In dem Augenblick, in dem ich in Klaus' Armen bin, fühle ich mich unsagbar glücklich. Ich schluchze vor lauter Glück. Jetzt bin ich daheim! Ich fühle mich in Sicherheit und geborgen. Es bedeutet mir sehr viel, dass er jetzt da ist.

„Ich bin so froh, dass du da bist!"

„Alles wird wieder in Ordnung kommen. Jetzt bin ich da, ich kümmere mich um alles! Wir trinken noch einen Kaffee und dann fahren wir nach Hause, okay? Heute Abend rufe ich dann bei Kai-Uwes Mutter an und frage, wie es ihm geht."

Ich nicke und bin einfach nur erleichtert, nicht mehr allein zu sein. Es fühlt sich an, als ob Klaus und ich die Angst um unseren Freund gemeinsam tragen.

„Du, Schatz, wer war denn der freundliche ältere Herr, der gerade am Gehen war, als ich gekommen bin? Er kam mir bekannt vor, ich weiß nur nicht, woher ich ihn kenne."

„Das war mein Seelenhüter Costus, von dem ich dir erzählt habe. Ich hatte auch von Anfang an das Gefühl, ihn zu kennen."

„Nein, nein, ich bin mir sicher, dass ich irgendwann schon einmal mit ihm zu tun hatte. Da hieß er allerdings nicht Costus. Bestimmt fällt es mir irgendwann ein."

„Na ja, vielleicht hast du ihn ja doch schon einmal getroffen, vielleicht magst du es mir ja erzählen, wenn es dir einfällt", antworte ich. Ich kann sehen, wie es in Klaus' Kopf rattert, kurz wird er etwas blass um die Nase, dann fängt er sich wieder. Ich würde jetzt viel darum geben, seine Gedanken lesen zu können. Schade, dass ich nicht wie Costus meinen Blick intensivieren kann, um damit zu sehen, was er denkt! Es sieht nämlich gerade so aus, als wäre es ihm eingefallen, aber er sagt nichts darüber.

„Auf alle Fälle bin ich froh, dass du die ganze Zeit nicht allein warst. Du siehst trotz der Situation anders aus als sonst, irgendetwas hat dich verändert. Möchtest du es mir erzählen?", spricht Klaus weiter.

„Irgendwann, mein Schatz, irgendwann werde ich es dir in Ruhe erzählen. Im Moment bin ich einfach nur froh und glücklich, dass du da bist."

Klaus schafft die Heimfahrt in weniger als drei Stunden. Wir reden über unseren bevorstehenden

Urlaub und lenken uns absichtlich ab. Wir wollen beide nicht über unseren Freund sprechen. Gegen 17:30 Uhr sind wir zu Hause. Von da an probiert Klaus jede Viertelstunde Frau Huber zu erreichen. Nach 21:00 Uhr ruft Frau Huber von ihrem Handy aus zurück. Sie habe ihr Handy im Auto gelassen und erst jetzt bemerkt, dass es auf stumm geschaltet war. Kai-Uwe ist am Leben! Die Thrombose wurde noch rechtzeitig bemerkt. Er müsse nun etwas länger im Krankenhaus bleiben, sei aber schon wieder spitzfindig wie immer. Wir atmen beide hörbar auf. Wir nehmen uns vor, ihn zu besuchen, und genau wie früher ein ganzes Wochenende mit ihm zu verbringen. Erst jetzt merken wir, wie wichtig uns unser Freund ist. Absolut erleichtert fallen wir beide an diesem Abend ins Bett. Ich vergesse meine Hausaufgaben nicht. In Gedanken kuschle ich mich an meine Eltern ran. Ich schlafe wie ein Baby und wache am nächsten Tag um gefühlte fünf Jahre jünger auf. Dieses Gefühl gönne ich mir ab sofort jeden Abend.

Unser Wochenende Anfang Juni mit Kai-Uwe war lustig, tiefgründig, ehrlich, erfrischend und erfüllt mit vielen gemeinsamen Erinnerungen. Unser Freund muss eine tiefgreifende Erfahrung gemacht haben, vielleicht ähnlich meiner. Er hat sich fest vorgenommen, beruflich kürzer zu treten, und denkt sogar über weitere Veränderungen nach. Wir waren gemeinsam essen beim Italiener, haben gemütliche Spaziergänge gemacht und uns über das Leben unterhalten. Gemeinsames Joggen war noch nicht möglich. Kai-Uwe meinte, er müsse noch etwas warten, bis alles komplett verheilt sei. Ich weiß nur nicht, ob er den Beinbruch meint oder seine Seele. Egal, er ist auf alle Fälle am Leben und scheint sich über vieles mehr Gedanken zu machen als früher. Wie es aussieht, sind die zwei Männer auch wieder enger zueinander gerutscht. Das finde ich schön! Beim Verabschieden hat mein alter Freund mich kurz zur Seite genommen. Er würde gerne irgendwann einmal mit mir in Ruhe sprechen wollen, denn er habe, als er um sein Leben kämpfte, ganz deutlich meine Stimme gehört. Ich habe ihn nur fest gedrückt und gar nichts darauf gesagt. Wir werden bestimmt noch darüber sprechen. Ich spüre es, mein alter Freund macht eine Veränderung durch. Vielleicht bedeutet die Veränderung auch, dass er zurück nach Ulm kommen wird, mal abwarten. Für mich hat sich in den letzten Wochen eine ganze Menge geändert. Seit der Wahrnehmung meiner Eltern sprühe ich vor Energie. Mir macht das Leben wieder richtig Freude. Ich kann die Veränderung selber fühlen, mein ganzes Wesen ist anders. Ich nehme die Menschen um mich herum auch intensiver wahr, die Freude in mir ist ansteckend, und das fühlt sich richtig gut an. Etwas ist noch anders geworden, etwas, mit dem ich noch nichts anfangen kann. Ich kann fühlen, was Menschen bedrückt. Zuerst hat mir das noch Angst gemacht, aber ich lerne damit umzugehen. Ich merke, dass die richtigen Worte dabei helfen. Wenn man gut zuhört und den Menschen ein nettes Wort schenkt, hilft es ihnen, die Situation aus einem anderen Blickwinkel zu sehen. Mit Hilfe dieser Worte können die meisten dann richtig hörbar durchatmen. Es scheint so, als ob ihnen eine große Last abgenommen wurde. Mir macht es Freude, den Menschen damit zu helfen. Klaus fällt es zwar auf, er kann es aber nicht einordnen, er hatte nur gefragt, ob ich nicht vielleicht studieren möchte, Psychologie oder so? Meine Antwort war ‚Nein'. Dafür gibt es schon viele gute Psychologen, die sich gerne die Gefühlswelten der Menschen anhören. Ich möchte den Menschen nur einen kleinen Schubs geben und ihnen zeigen, dass das Leben einfacher und schöner sein kann, wenn man den Blickwinkel ändert und Veränderungen zulässt.

Zwei Wochen vor unserem Urlaub habe ich mich noch mit Tina getroffen. Zum ersten Mal hat sie mir gegenüber zugegeben, wie unglücklich sie doch in ihrem Job ist. Wir haben lange miteinander geredet. Finanziell kann sie es sich im Moment nicht leisten, ihren Job aufzugeben. Nach langem Hin und Her, ist sie zu dem Entschluss gekommen, bei ihrem Chef anzufragen, ob sie eventuell ihre Arbeitszeit auf siebzig Prozent reduzieren kann. Dann erzählt sie mir noch, dass sie vorhabe, durch die gewonnene Zeit sich doch tatsächlich ihren Traum der Selbstständigkeit zu erfüllen. Ich habe das Gefühl, das ist erst der Anfang von etwas großem Neuen. Am Ende des Abends hat Tina nur vor lauter Energie gesprüht und ist voller Schwung in einen neuen Lebensabschnitt gestartet. Eine Woche später war schon das Okay von ihrem Chef da. Jetzt bin ich gespannt, wie sich das entwickelt.

Ruck zuck war dann der 7. Juli. Am Abend waren wir alle auf der Abiturfeier von Timo, die in einem schönen festlichen Rahmen stattfand. Mit Laudatio, mit Musik und einem von den Schülern arrangierten Programm. Unser Sohn war unglaublich stolz. Er hat sein Abitur mit Note 1,7 bestanden. Wir haben uns alle mit ihm gefreut, und als er dann noch eine Belobigung erhielt, sind wir beinahe geplatzt vor Stolz. Der Abend war lang und unterhaltsam. Ich freue mich schon jetzt auf die Abiturfeier von Inga, welche bestimmt genauso schön wird.

Kapitel 13.a Happy Beginning

Die ersten zwei Urlaubswochen sind wie im Flug vergangen. Gleich am nächsten Morgen haben uns unsere Kinder zum Flughafen nach München gefahren. Die zwei warteten, bis wir durch die Passkontrolle gegangen waren und sind dann zum Bummeln in die Innenstadt.

Der Flug war zwar lang, jedoch ohne Turbulenzen. Klaus hat trotz seiner Flugangst alles gut überstanden. Die Ankunft in San Francisco war überwältigend. Wer glaubt, München hat einen großen Flughafen, der war noch nie hier. Am Flughafen übernahmen wir gleich unseren Mietwagen, einen Minivan. Zum Hotel waren es keine zehn Minuten Fahrt. Allerdings war das Hotel erst dann leichter auffindbar, nachdem wir es geschafft haben, die Sprache des Navigationssystems auf Deutsch umzustellen.

Die Menschen in Kalifornien sind unglaublich freundlich. Ich weiß, viele sagen, das sei nur oberflächlich, aber wen stört es? Wer möchte schon beim Einkaufen Freundschaften fürs Leben schließen? Der nette Ton und die Freundlichkeit sind einfach angenehm, das würde mir bei uns auch gefallen.

Dann ging es weiter nach Sacramento. Unser Hotel lag ganz zentral, zwischen Old Sacramento und der

Capital Hall. Die Capital Hall ist der Sitz des Gouverneurs von Kalifornien, ein beeindruckendes Gebäude. In Old Sacramento fühlte ich mich wahrhaft zurückversetzt ins 19. Jahrhundert, der ganze Flair, die Häuser, die Gehsteige, alles sehr authentisch. Die Innenstadt von Sacramento ist wunderschön grün, jedoch be-ängstigend leer. Viele Bürogebäude und Einkaufszentren (Shopping Malls) stehen leer. Über dieses gespenstische Phänomen würde sich bestimmt ein guter Krimi schreiben lassen.

Es waren und sind tatsächlich Flitterwochen für uns. Klaus überschüttete mich mit Aufmerksamkeit und Liebe. Er hat mir auch meinen Wunsch erfüllt, in einem echten Diner zu essen.

Nach zwei Tagen ging es weiter zum Lake Tahoe, einem meiner Lieblingsplätze in Kalifornien. Es war absolut beeindruckend, etwas an diesem Platz hat mich tief berührt. Ich bin sehr lange am See gesessen und fühlte dabei so viel Dankbarkeit das alles hier erleben zu dürfen.

Weiter ging unsere Fahrt zum Yosemitenationalpark, der leider trotz der riesigen Weite etwas überfüllt wirkte, denn an den wichtigsten Aussichtspunkten treffen sich alle. Unsere Weiterfahrt führte uns über Fresno, einer reizenden Stadt, zum Kings-Canyon-Nationalpark. Dort haben Klaus und ich unseren gemeinsamen Lieblingsplatz gefunden. Eine junge Park-Rangerin hat uns diesen Platz empfohlen. Er war wirklich nur schwer zu finden, beinahe wären wir daran vorbeigefahren. Hinter Büschen entdeckten wir einen ganz einsamen Platz auf einer flachen Felsformation, mit einem unbeschreiblichen Weitblick. Wir sind bestimmt über Stunden die Hände haltend nebeneinandergesessen und haben gemeinsam der fantastischen Stille gelauscht. Ein weiteres Mal durfte ich die Erfahrung machen, dass mich ein schöner Platz bis tief in mein Inneres berühren kann. Ein großes Staunen machte sich in mir breit und ein außerordentliches Gefühl der Verbundenheit ging durch meinen Körper. In Gedanken habe ich mich bei all den Menschen bedankt, die für mich ihr Leben gelassen haben, damit ich dies alles erleben darf. Ich habe mich wirklich und wahrhaftig bei allen Menschen bedankt. Ich dankte auch den vielen Ureinwohnern Amerikas, die ihr Leben geben mussten, damit wir dieses Land besuchen können.

Vom Kings Canyon-Nationalpark sind wir nochmals über Fresno in Richtung Monterey Bay an der Küstenstraße entlang zurück nach San Francisco gefahren.

Zu den herrlichen Tagen gesellten sich sinnliche Nächte. Die gesamten Eindrücke entflammten lodernde Gefühle. Wir waren am Genießen unseres Liebesspiels. Mal verführte mich Klaus unter der Dusche, mal genossen wir die Zweisamkeit im großen King-Size-Bett. Es fühlte sich tatsächlich wie Flitterwochen an, und es war einfach nur wundervoll. Ich hoffe und wünsche mir, dass uns das bleibt.

Heute ist nun mein Geburtstag. In Ulm ist Schwörmontag und der Tag bereits fast zu Ende. Die Kinder haben mir schon über FaceTime gratuliert. Beide sind wohlauf und machen einen glücklichen Eindruck. Die Wohnung steht noch. Die zwei waren heute beim ‚Nabada'. Nabada ist eine Veranstaltung auf der Donau, genauer gesagt eine Art Faschingsumzug mit Booten, den es immer nur am Schwörmontag gibt.

Nach dem Telefonat gehen Klaus und ich los, San Francisco erobern. Wir haben schon unsere Lieblingsplätze in dieser Stadt. Wir gehen alles zu Fuß, damit lässt sich vieles intensiver wahrnehmen. In der Nähe von Marina Green haben wir zwei unser Traumhaus entdeckt, es sieht aus wie ein kleines Schlösschen aus einem Walt Disney Film. Wenn wir mal im Lotto den Jackpot gewinnen, hätte das etwas.

Wir machen ein kleines Picknick im Park, oberhalb von Fort Mason, mit Blick auf den Pazifik. Das war mein Geburtstagswunsch. In amerikanischen Filmen sieht das immer so toll aus. Und tatsächlich stört sich kein Mensch daran, dass wir hier im Grünen sitzen, die Aussicht genießen und picknicken. Klaus überreicht mir ein kleines Päckchen als Geschenk zum Geburtstag.

„Für dich mein Schatz, mit ganz viel Liebe ausgesucht", sagt er mir mit einem Augenzwinkern.

Langsam entferne ich das Geschenkpapier, darunter kommt eine Schachtel von Dentler Goldschmiede, Ulm, heraus. Wow! Dentler fertigt nur Einzelstücke an. Seit Jahren ist es mein Traum, ein solches Stück zu besitzen. Als Kind habe ich den Künstler Rudolf Dentler beneidet, denn Rudolf Dentler war der selbsternannte König von Ulm. Über ihn gibt es ein eigenes kleines, aber feines Museum. Dem Herrn Dentler ist man zu seinen Lebzeiten nur mit einer Krone auf seinem Kopf begegnet. Recht hat der gute Mann; sei der, der du sein möchtest!

Nun, in der Schachtel befindet sich ein silberner Anhänger in Form einer Krone mit drei Zacken, auf welcher sieben winzige Splitter eingraviert sind, und der dazu passenden wunderschönen Kette. Ich streichle ganz zart über den Anhänger mit Kette und bin vollkommen überwältigt.

„Wow, ist die schön, Klaus!"

„Komm, zieh sie gleich an, ich würde sie dir gerne anlegen!"

„Unglaublich gerne, Klaus!"

Beim Umlegen sagt Klaus:

„Eine Krone für meine Königin. Es ist die Krone der Weisheit und der Lebensfreude, denn das alles vereinst du, mein Schatz!"

Ich bin gerührt. Ein leichter Schauer durchflutet meinen Körper, als Klaus mir die Kette anlegt. In dem Moment, als die Kette komplett geschlossen um meinen Hals liegt, löst sich aus der Krone ein winziger Splitter. Er leuchtet ganz zart rosa, liebevoll dringt er in mich ein, sanft umschließt dieser Splitter die bereits vorhandenen und lässt alles in mir hell erleuchten. Jetzt weiß ich, dass ich alles schaffen kann, was auch immer ich möchte. Mir wird endlich bewusst, was meine Aufgabe ist. Ich drehe mich zu Klaus, schmiege mich an ihn und gebe ihm einen wundervollen zärtlichen Kuss, der ihn und mich sanft erschauern lässt. Ich fühle mich komplett, kraftvoll, leidenschaftlich, einfach rundum großartig. Als wir uns voneinander lösen, weiß ich, was ich machen möchte. Aber dieser Gedanke muss erst einmal warten.

„Mein Traumprinz, ich liebe dich!"

Erneut nimmt mich Klaus in die Arme, dabei küssen wir uns sanft und fordernd zugleich. Als Klaus sich von mir löst, sagt er:

„Und ich liebe dich, mein Schatz."

„Klaus, ich weiß jetzt, was ich machen möchte. Ich werde ein Café eröffnen, und zwar mitten in Ulm!"

Klaus nickt, meine Idee scheint gut zu sein. Ich kann sehen, wie es in seinem Kopf bereits arbeitet, er scheint bereits einen Businessplan zu erstellen.

„Ich möchte es in Ulm eröffnen, denn ich glaube, es gibt noch mehr Menschen, die gerne in einem Café sitzen, in welchem sich die Mentalität der Menschen aus San Francisco widerspiegelt. Hier in Kalifornien sind einfach alle immer gut gelaunt, und das fühlt sich richtig für mich an."

„Das hört sich gut an, lass uns nach geeigneten Räumlichkeiten suchen! Vielleicht hat ja Kai-Uwe Interesse an einer Investition und ich könnte mir vorstellen, dass Tina dir beim Einrichten helfen möchte."

Wir sind beide Feuer und Flamme und gehen zurück zu unserer Ferienwohnung, um Pläne zu schmieden und Ideen zu sammeln. Die nächsten zwei Tage vergehen wie im Flug. Einmal war es mir, als hätte ich Costus gesehen, vielleicht habe ich mich aber auch getäuscht. Zum ersten Mal in meinem Leben kann ich es nicht erwarten, dass der Urlaub endet. Wir freuen uns auf zu Hause und auf Ulm. Klaus wird mich unterstützen, wie es nur geht. Er hat nicht einmal gefragt, warum ich dieses Café eröffnen möchte. Ich weiß es, aber erklären kann ich es ihm nicht. Denn dieses Wissen kommt nicht über meine Lippen.

Ich möchte viele Lebensgeschichten erfahren, viele Menschen und Schicksale kennenlernen, damit ich irgendwann auf einer anderen Ebene eine stolze Nachfolgerin für Costus sein kann. Genau in dem Moment, in dem ich das denke, habe ich das Gefühl, Costus' wunderbares Lächeln direkt vor mir zu sehen, und ich weiß, ich werde ihn und alles, was er mir beigebracht hat, nie mehr vergessen. Ich bin ihm so unsagbar dankbar, denn ich habe meinen Platz und meine Aufgabe gefunden. Ich werde im Herzen von Ulm ein Café eröffnen und ich werde Costus immer einen besonderen Platz in einer Nische freihalten.

Neueröffnung:

CAFÉ SORGLOS!

Kapitel 14. Epilog

„Du hast deinen Job gut gemacht Costus. Lena kann sich an ihre Aufgabe erinnern, jetzt kann sie die nächsten Jahre genießen und sich nebenher das notwendige Wissen aneignen. Die Idee von ihr mit dem Café finde ich klasse. Sie erinnert mich an dich, sie kann genauso gut und einfühlsam mit Worten umgehen, wie du. Sie wird eine würdige Nachfolgerin", sagt Diva.

„Ja, meine Liebe, da hast du recht. Die nächsten Jahrzehnte sind hier oben wie ein Wimpernschlag der Zeit! Sie hat den Bogen schon heraus, sie kann die richtigen Fragen stellen und sie hört genau zu, wenn ihr jemand das Herz ausschüttet. Sie scheint ihre Fähigkeiten jetzt noch besser bündeln zu können. Ihr einfühlsames Wesen wird es ihr ermöglichen, die Schicksale besser zu verstehen und dennoch Abstand zu halten. Als ich sie in San Francisco ein letztes Mal gesehen habe, konnte ich spüren, dass sie ihre Aufgabe meistern und dort unten schon gute Vorarbeit leisten wird." Costus schmunzelt.

„Gab es irgendwelche Zwischenfälle, als ich unten war?", fragt Costus, der Hüter der Seelen, die Göttin der Seelen.

„Nun, da gab es schon etwas, was wir uns nicht so recht erklären können. Eine Seele ist im Zwischenraum hängen geblieben. Sie war dort einige Minuten und hat dann nicht die für sie vorgesehene Tür genommen, sondern hat plötzlich eine andere gewählt", spricht Diva.

„Das heißt, die Seele ist wieder auf der Erde und am Leben?"

„Ja, Costus. Wir wissen noch nicht, wie wir damit umgehen müssen. Wir werden diese Seele erst einmal weiter beobachten. Würdest du dich darum kümmern oder soll ich es lieber selber machen?"

„Ich werde darüber nachdenken, Diva."

„Selbstverständlich, mach das! Aber denke daran, einen guten Cappuccino gibt es nur da unten!" Mit einem Lächeln im Gesicht überlässt Diva dem Seelenhüter die Entscheidung.

... ENDE

Autorenvita

Würdest du dich bitte kurz vorstellen!
Gerne, mein Name ist Tatjana Bergmann. Ich wohne mit meinem Mann und unseren zwei Töchtern in der Nähe von Ulm. In Ulm wurde ich 1968 geboren, und ich bin dort aufgewachsen. Ich liebe dieses Städtchen!

Was machst du beruflich?
Ich habe 2007 eine Ausbildung zur psychologischen Heilpraktikerin absolviert und die Prüfung beim Gesundheitsamt bestanden. Anschließend war ich mit einer eigenen Praxis aktiv.

Was hat dich dazu bewegt, genau dieses Buch zu schreiben?
Ich möchte den Menschen zeigen, dass vieles durch eine Veränderung des Blickwinkels leichter wird und so das Leben mehr Freude machen kann. Es kann zur Selbstreflexion einladen und für Menschen, die bereits an sich arbeiten, eine Unterstützung sein.

Ist das Buch autobiographisch?
Nein, es sind Konfliktsituationen, die mir in meiner Praxis öfter begegnet sind.

Hast du noch weitere Bücher geschrieben?
Ja, und eines ist gerade in Bearbeitung. Ich füge eine Leseprobe bei.

Danksagung

Mein erster Dank gilt Ihnen, die dieses Buch gekauft und gelesen haben. Ich hoffe, es hat Ihnen gefallen.

Was wäre eine Autorin ohne die vielen Menschen in ihrem Umfeld? Sie wäre verloren. Deshalb sind mir die folgenden Dankeschöns an die Personen, die an mich geglaubt haben und mich auf diesem wunderbaren Weg unterstützt haben, absolut wichtig!

Ein Dankeschön an meine „Testleser": Christine, Sabine und Heiko. Danke für eure Aufmunterungen und euren Glauben an Lena, Costus und mich. Eure Ungeduld war stets mein bester Antrieb.

Ein Dankeschön an meine „Testzuhörerin" Claudia, das Buch vorzulesen war eine ganz neue Erfahrung.

Ein Dankeschön an Joi Fischer von *Joiness* für die tollen Momentaufnahmen in Ulm und die wunderbare Freundschaft, die dadurch entstanden ist! Du hast einen so schönen Blick auf das Wesentliche.

Ein Dankeschön an Christine. Deine Tipps über Inneneinrichtung und Kleidung waren mega! Danke für deine wunderbare Hilfe, und ich bin immer noch der Meinung, du solltest dich in diesen Bereichen verwirklichen.

Ein Dankeschön an Jutta für die grammatikalische Überarbeitung zur Neuauflage. Du bist klasse.

Ein Dankeschön an Sabine. Deine stetigen Ermutigungen, unsere Gespräche und deine Begleitung machen dieses Buch noch wertvoller. Ich schätze dich sehr.

Ein Dankeschön an Chris, für deine wertvolle Hilfe und das geniale neue Cover!

Mein ganz besonderer Dank geht auf alle Fälle an meine Familie. Allen voran an meinem Ehemann Stephan! Du bist mein Held, mein bester Freund, und ich liebe dich!

Ebenso an meine Töchter Aniko und Maren, eure Hilfe war so wertvoll und hat dieses Buch in vielem bereichert. Danke, ihr beide! Danke auch fürs Helfen – wo immer es gerade notwendig war: Haushalt, Kochen, Buch oder damals noch mit Sancho Gassi gehen. Ich habe euch sehr lieb!

-oo-

In nachfolgendem Roman macht sich Timothy auf in ein spannungsgeladenes Abenteuer, auf den Weg zur Selbstreflexion, der Rettung seiner Beziehung und damit auch sich selbst. Eine Geschichte darüber, dass manchmal nichts so ist, wie man glaubt, es in Erinnerung zu haben.

Leseprobe: Flucht in die Realität

Nicht immer ist alles so, wie es scheint, irgendwann holt dich die Wirklichkeit ein.

Damit muss sich Dr. Dr. h. c. Timothy Hoffmann, Professor für Psychologie auseinandersetzen, denn auch er ist nur ein Mensch und manchmal verdrängt er einfach die Realität ...

0.1 Prolog:

Ich habe das kleine grüne Büchlein mit der Aufschrift ‚Glücksbuch', gerade in der Bibliothek unserer Ferienwohnung, besser gesagt unserem Liebesnest, in Frankfurt entdeckt. Dieses Buch, das schon mehr als fünfundzwanzig Jahre hier steht und nur eine limitierte Auflage hat, ist noch komplett unbenutzt. Hier in Frankfurt hat alles angefangen. An diesem Ort, mit seiner Idee für eine neue Therapieform, hat Tim begonnen Karriere zu machen. Mit diesem grünen Büchlein, dessen Fragen *er*, darauf könnte ich wetten, bestimmt noch nie selbst für sich schriftlich beantwortet hat.

Damals waren wir beide noch voller Pläne, reich an erfrischenden Ideen, erfüllt mit Freude, einfach glücklich und unheimlich verliebt ineinander. Das Glücksbuch hat sich zufällig ergeben, als Tim diese neue Therapieform kreierte, die funktionelle unabhängig Neuprogrammierung, ein Hit! Diese FUN-Therapieform bescherte ihm für einige Jahre eine Professur am anderen Ende der Welt. Es folgten immer wieder Gastprofessuren an den verschiedensten renommierten Universitäten. Wir waren über fünfzehn Jahre nirgendwo richtig sesshaft. Denn viele Wirtschaftsunternehmer und Universitäten in den unterschiedlichsten Ländern haben uns eingeladen. Wir waren in den USA, in Dubai (hier war Tim alleine unterwegs), Australien, China, Kanada, Dänemark, Italien, Großbritannien, Deutschland und Norwegen. Alle wollten diese Therapieform für sich nutzen, vor allem die Industriebosse. Eine so genial einfache Art, innerhalb weniger Minuten in einen positiven Zustand zu kommen, gibt es bisher noch nicht! Das Faszinierende daran ist, dass die Menschen, die diese Methode anwenden, effizienter und umsatzsteigernd arbeiten. Das Ziel der Therapie ist, wie Tim zusammenfasste: Innerhalb von fünf Minuten aus einem seelischen Tief in einen lebensfrohen, positiven Gefühlszustand zu gelangen, um dann auf einem erhöhten Energielevel zu sein, damit sich der Erfolg einstellt und man Spaß hat an seinem Tun. Wer möchte das nicht?

Ich schlage das Buch auf und lese:

Bitte übertrage die folgenden Fragen der Reihe nach auf die nächsten Seiten! Lass Dir so viel Zeit, wie Du benötigst! Beantworte bitte stets erst die aktuelle Frage, bevor Du zur nächsten Frage weitergehst! Bitte lies erst nach der Beantwortung aller Fragen den kompletten Inhalt des Buches durch, nur so kann sich für Dich eine neue Sicht auf Dein Leben ergeben und Dein Leben eine neue Richtung bekommen. Lies auf keinen Fall voraus! Lass uns beginnen:

Die Erfüllung welches Wunsches lässt Dein Herz schneller schlagen? Welche Träume hast Du? Wie möchtest Du Dich beim Erreichen der Träume oder Wünsche fühlen? *Nimm Dir nun genügend Zeit, diese Fragen zu beantworten, spezifiziere diese so genau wie möglich. Beschreibe, was Du bei der Erfüllung spürst, was Du riechst, wie Du Dich fühlst, wer oder was bei Dir ist! Sollte Dir die Frage Schwierigkeiten bereiten, so versuche es mit folgenden Ersatzfragen:* ***Was möchte ich immer schon mal tun oder was würde meinem Leben den richtigen Sinn geben?***

Welche Träume möchtest Du tatsächlich erfüllt haben? *Bestimme für Dich den Zeitraum dafür! Ob Jahre, Monate oder Tage spielt dabei keine Rolle. Bitte keine Antworten wie „im Lotto gewinnen!" Es geht eher darum, was Du - hättest du diesen Lottogewinn schon erhalten, damit tatsächlich tun möchtest. Bestimme Deine Träume als Ziele, die tatsächlich realisierbar sind. Du kannst Dir dafür aber auch gerne vorstellen, dass heute Dein siebzigster Geburtstag ist und Du Deinen Gästen in Form eines Rückblickes erzählst, was Du alles erlebt hast. Welche Erfolge Du für Dich verzeichnen konntest oder welche Reisen Du gemacht hast und wofür Du dankbar bist.*

Welche Wünsche dürfen warten? *Überlege, welche Wünsche nicht zeitlich gebunden sind, die Du aber bis zum*

Ende Deines Lebens in irgendeiner Art und Weise für Dich erfüllt haben möchtest! Welche Hilfestellungen sind für die Verwirklichung notwendig und wie lassen sich diese über Dein oder ein Netzwerk (Freundeskreis) realisieren? Wen möchtest Du dabei an Deiner Seite haben? Was gibt Deinem Leben (jetzt schon) Sinn? Was würde Deinem Leben Sinn geben?

Was bringt Dich, ohne lange zu überlegen, zum Lächeln? *Das kann ein Ereignis sein, etwas, was Du über Deine fünf Sinne wahrnehmen kannst, ein Lied, ein Geruch, etwas zum Essen. Ganz egal, es muss Dir ein glückliches Gefühl schenken.*

Bis vor drei Jahren habe ich doch tatsächlich gedacht zu wissen, was ich möchte, was meinem Leben einen Sinn gibt. Gut, ich gebe ja zu, hin und wieder hatte ich schon Probleme, etwas zu finden, was mich erfüllt. Dennoch erschien alles perfekt: toller Ehemann mit einem gesicherten Einkommen, ein wunderbarer Sohn inklusive fantastischer Schwiegertochter und einem Sonnenschein von Enkelin. Eine Arbeit, die mir, nachdem ich sie für mich entdeckt habe, unglaublich viel Freude macht. Also alles, was das Herz begehrt. Trotzdem fühle ich mich leer, auf der Suche nach mir, auf der Suche nach dem, was mich prägt, was meinem Leben wieder zunehmend Bedeutung verleiht. Vor Jahren hätte ich dieses Buch auf die Seite gelegt und gedacht: Wieder einer, der mir erklärt, wie ein glückliches Leben funktionieren soll! Nur heute tue ich es nicht, ich bin verzweifelt. Ich finde nicht mehr zu mir, zu meiner Arbeit, und schon gar nicht zu meinem Mann. Denn das, was ich verschuldet habe, kann ich ihm nicht erzählen, so etwas.... An diesem Punkt brechen meine Gedanken wie immer ab. Ich beschließe, mir eine Kanne ‚Earl Grey Tee' aufzugießen, füge anschließend einen Schuss Milch hinzu. Ein kleines Stück Schokolade darf nicht fehlen. Ich liebe Schokolade. Einige Minuten später beginne ich die Fragen, eine nach der anderen, für mich zu beantworten. Ich schalte mein Handy aus und nehme mir Zeit. Zeit, um die Fragen gewissenhaft, mit einem Wohlgefühl für mich, zu beantworten. Tim kommt ja sowieso erst in etwa dreißig Stunden aus Sydney zurück. Irgendwie müssen diese Fragen ja der Schlüssel zum Glück sein! Sonst wäre Tim nicht so erfolgreich damit geworden. Was sind meine Träume? Oh, mein Gott, wie lange habe ich darüber schon nicht mehr nachgedacht? Meine Gedanken waren in den letzten drei Jahren immer nur damit beschäftigt, warum habe ich ihm nicht von Anfang an alles erzählt? Warum habe ich die Wahrheit eigentlich für mich behalten? Warum kann ich mit dem Erlebten nicht umgehen? Warum kann ich das Geschehene nicht einfach abhaken? Warum fühle ich mich an den jüngsten Entwicklungen so schuldig, obwohl ich an dem Unfall gar nicht beteiligt war? Ich hätte ihr niemals all das aufbürden dürfen! Es war alleine meine Entscheidung dort hinzugehen, die Entscheidung ... Ich drehe mich wieder im Kreis. STOPP mit diesen stets gleichen Gedanken!

Was sind also meine Wünsche, welche Träume habe ich für die nächsten Jahre? Interessante Fragen, die mein Mann, der Psychologe, da stellt. Hat er sich damit auch jemals auseinandergesetzt?

Ob er überhaupt merkt, dass hier irgendetwas aus dem Ruder läuft? Was ich nicht wissen kann, ist, dass mein Mann gerade jetzt kurz davor steht, sich einen Teil seiner Träume und Wünsche zu erfüllen...

0.2 Sieben Stunden bis zum Abflug

Endlich ist es so weit! Seit weit mehr als einem Jahr freue ich mich jetzt auf diesen Flug, der in circa sieben Stunden beginnt. Ich kann es kaum noch erwarten, die Reise anzutreten, die mein Leben verändern soll. Das Abenteuer zu starten, welches mich aus meiner selbst diagnostizierten verspäteten Midlife-Crisis hinaus befördern soll. Alle die, die bereits diesen Flug einmal absolviert haben, sind mehr als begeistert und voller Schwung wieder in den Alltag gestartet. Es war keine leichte Sache, dort tatsächlich Passagier zu werden. Die Bewerbung dafür habe ich im September 2015 abgegeben, demzufolge vor dreiundzwanzig Monaten. Kurz nachdem ...

Nein, ich will daran gerade wirklich nicht denken. Also - wo war ich - ja, die Zusage, die habe ich dann sechs Monate später bekommen. Im ersten Moment dachte ich schon, da sei irgendetwas schief gelaufen. Nun ja, eine solche Reise sollte wahrscheinlich gut überlegt sein. Und bis zur genauen Buchung konnte man ohne Angabe von Gründen und ohne zusätzliche Gebühren einfach per E-Mail kostenlos zurücktreten. Mein genauer Flugtermin steht nun seit vier Monaten fest und beinahe hätte mir die Sache mit dem Unfall einen Strich durch die Rechnung gemacht. Um welche Art von Flug es sich hier handelt? Es ist ein ganz besonderer Flug!

Ein Flug mit dem legendären Airbus A 380 der arabischen Airlines al'AHLAM. Ein bedeutsamer Name, dass „H" wird als „CH" gesprochen und ist somit auch für uns Europäer aussprechbar. Ursprünglich hieß die Fluggesellschaft ‚rhilat tayaran al'AHLAM', geschrieben: الأحلام طيران رحلة. Die Übersetzung dazu lautet: ‚Fluggesellschaft Flug der Träume'. Als Markenname hat sich wahrscheinlich al'AHLAM für besser erwiesen. Laut Auskunft aller mir bekannten Passagiere erwartet mich ein Flug der Spitzenklasse. Ein Flug, der die heimlichsten Träume wahr werden lässt. So heißt es. Genauer wollte sich niemand dazu äußern. Zum ersten Mal habe ich vor ungefähr zwanzig Jahren von diesem Flugdienst gehört. Danach fortwährend sporadisch, nur in sehr elitären Kreisen. Sehr dezent natürlich, aber eben immer wieder. Ein jeder, der diesen Flug in Anspruch genommen hat, war absolut begeistert. Dann, vor etwas mehr als zwölf Jahren, durfte ich miterleben, wie sich dieses Abenteuer auf einen meiner Klienten ausgewirkt hat. Sein gesamtes psychisches Bewusstsein hat sich danach zum Positiven verändert.

Mit nur einem Flug hatte er die Midlife-Crisis hinter sich gelassen. Eine unglaubliche Tatsache, nachdem diese Art des Gefühlszustandes mehrere Monate bis Jahre andauern kann. Bei ihm war absolut nichts mehr von einer noch so kleinen Verstimmung oder gar Schwermut spürbar. Auf mich wirkte er nach dem Ereignis wesentlich jünger. Er sprühte voll Elan und Energie. Bevor ich Zeuge dieser Begebenheit war, hatte ich mich gefragt, wie frustriert man sich fühlen muss, um eine Reise, die damals bereits etwas um die 100.000 Dollar gekostet hat, unbedingt machen zu wollen? Mit derart viel Geld kann man sicherlich mehr machen als nur einen Flug.

Wer lässt sich auf so einen Trip ein? Wer gibt umgerechnet etwa 125.000 Euro zur damaligen Zeit für ein dreiundzwanzig Stunden dauerndes Vergnügen aus? Wer bringt sein Leben nur durch eine einzige Flugreise wieder in die Spur? Was geschieht auf einem solchen Ausflug? Was bewegt einen zu einer solchen Hundertachtzig-Grad-Wendung im Bewusstsein? Niemals wäre es mir eingefallen, dass ich mich jemals selbst auf die Suche nach diesem Flieger machen würde. Ich, der stets strotzt vor Energie und Selbstbewusstsein, dessen ständiger Begleiter der Erfolg war. Wer hätte gedacht, dass ausgerechnet ich unbedingt Passagier sein möchte in dem Flieger, der bei jedem nachhaltig das Leben so gravierend positiv verändert? Auf diese Idee würde niemals jemand kommen, der mich kennt. Ich, der bis vor etwas mehr als zwei Jahren in weniger als fünf

Minuten aus jedem Tief heraus gekommen ist. Aber aktuell ist es einfach nicht möglich. Ich stehe kurz vor einem Burnout. Ich spüre, wie mir die Kraft fehlt, und darf es als angesehener Psychologe dennoch nicht zeigen. Welche Außenwirkung würde das für meinen beruflichen Werdegang haben? Ich sehe schon die Schlagzeile: ‚Professor für alltagstaugliche Psychologie, Urheber der genialen FUN-Therapie, Zusammenbruch wegen Burnout' oder: ‚Professor kann sich nicht mal selbst helfen, wie kann man einem solchen Menschen Klienten anvertrauen?' In den diversen Artikeln treten dann noch weitere Fragen auf wie: Wie kann der Studenten oder Klienten etwas beibringen, wenn er sich nicht einmal selbst helfen kann? Da entwickelt er eine Therapieform und kann sie nicht anwenden! Er behauptet, damit in fünf Minuten aus jedem Tief herauszukommen. Warum wendet er es nicht an, wenn das so einfach geht? Ich wäre nicht nur in der Fachwelt absolut unglaubwürdig, sondern würde auch die Vielzahl meiner Klienten verlieren. Ein absoluter beruflicher Alptraum! Gerade deshalb erhoffe ich mir mit diesem Flug die Erfüllung meiner Träume, den notwendigen Elan, um im Alltag wieder durchzustarten, um wieder authentisch zu wirken. Es handelt sich für viele um einen ganz gewöhnlichen Linienflug von Sydney, Australien nach Frankfurt am Main. Jedoch können nicht alle Passagiere, sondern ausschließlich Passagiere der oberen Klassen den speziellen Service genießen. Niemand unten ahnt, was dort - in der oberen Klasse - für eine ganze spezielle

Gesellschaftsschicht angeboten wird. Hier wird ein ganz besondere Dienst am Kunden geleistet, der Wünsche und vor allem geheime erotische Träume erfüllt. Das Flugzeug bietet im Normalausbau Platz für 555 Gäste. Diese Maschine von al'AHLAM fasst im ersten Stockwerk die „üblichen" 270 Passagiere. Im zweiten Stockwerk der Maschine befinden sich die besonderen Gäste. Ich bin schon sehr gespannt, was mich in diesem oberen Stockwerk erwartet. Jetzt heißt es erst einmal noch schlafen. Wenigstens vier Stunden Schlaf, sollte ich schon bekommen. Ansonsten kann ich meinen etwas mehr als dreiundzwanzig Stunden Flug der Träume eventuell nicht genießen. Gut, die gesamte Zeit bleibt mir nicht, denn ich muss zuvor noch ein so genanntes „Aufnahmegespräch" führen. Ich weiß, dass es idiotisch ist, dennoch habe ich mich bereits um 20:00 Uhr zum Schlafen gelegt, mit dem Vorsatz, etwas vorzuschlafen, damit ich insgesamt frischer an Bord gehen kann. Mein Flieger startet um 4:01 Uhr Ortszeit. Ich wälze mich hin und her. Es ist hoffnungslos, um 23:08 Uhr bin ich immer noch wach. Zu viele Gedanken, die mich am Schlafen hindern! Sicherlich bin ich nicht der Einzige, der das Gefühl kennt, vor einem wichtigen Termin nicht richtig schlafen zu können. Ständig diese Angst zu verschlafen oder den Wecker nicht zu hören! Unendlich viele Male drehe ich mich von Seite zu Seite, sodass ich für meinen Teil dann ziemlich erleichtert bin, als um 0:30 Uhr mein Wecker klingelt. Zwar etwas müde, aber dennoch aufgeregt steige ich endlich aus diesem blöden Bett. Gepackt habe ich bereits gestern am Abend. Deshalb gehe ich nur noch kurz unter die Dusche, was keine fünf Minuten dauert.

Anschließend geht es los zum Flughafenterminal. Mein großer Tag wartet bereits auf mich. Der Tag, der mein Leben wieder in ein positives Gleichmaß bringen soll, mich endlich aus meiner Midlife-Crisis mit angehendem Burnout herausholen wird. Ich weiß es! Ohne Frühstück, denn dazu ist es noch zu früh, geht es Richtung Flughafen. Sicherlich werde ich in der VIP-Lounge eine Kleinigkeit ergattern können. Das sollte bei dem Preis wirklich inklusive sein. Das Abflugterminal ist nur einen Katzensprung von meinem Hotel entfernt. Ich bin gute drei Stunden vor Abflug, wie vorgeschrieben, bereits am Schalter zum Einchecken. Das war eine der Auflagen für diesen Flug. Ich bin schon so gespannt! Endlich kann es losgehen! Meine Träume, ich komme!

0.3 Drei Stunden bis zum Abflug

Am Terminal der al'AHLAM ist es im Vergleich zu den anderen Airlines ringsherum außergewöhnlich ruhig. Der Check-in-Bereich ist in den Farben der Airline Rot mit Anthrazit gehalten, dadurch wirkt alles, bereits in der minimalen Ausstattung, sehr edel. Die Dame am Schalter trägt eine schicke figurbetonende Uniform in exakt denselben Farben, welche die weiblichen Vorzüge dezent aber sichtbar betont. Sehr zuvorkommend, mit einem zauberhaften

Lächeln, freundlich und höflich, bittet sie mich um meine Flugunterlagen und um meinen Reisepass. Während ich mein Gepäck auf die Waage stelle, bemerkt die junge Dame anscheinend, dass ich ein besonderer Passagier bin. Sie stellt mit ihrem bezaubernden Lächeln fest:

„Guten Morgen, Herr Professor Hoffmann. Ich sehe, Sie sind Passagier der ‚Luxury-Dream-Class'. Darf ich Sie bitten, einen kleinen Augenblick hier zu warten? Eine meiner zauberhaften Kolleginnen wird sich um Sie und um Ihr Gepäck kümmern. An diesem Schalter ist nur der Check-in für Passagiere, der Economy, Premium, Business und der First class."

Ich denke noch darüber nach, ob ich Sie darauf hinweisen sollte, dass ich eigentlich gerne mit allen meinen Titel ansprechen werde, ebenso, warum eine Frau ihrer Kollegin das Wort zauberhaft voranstellt oder was ein gewöhnlicher Passagier wohl denkt, wenn er die Bezeichnung ‚Luxury-Dream-Class' hört, als neben mir eine atemberaubende Frau auftaucht. Augenblicklich verstehe ich den Begriff ‚zauberhaft'. Sie hat in der Tat ein umwerfendes Aussehen und eine Ausstrahlung, die etwas unglaublich Zauberhaftes besitzt. Sie trägt ebenfalls eine rot-anthrazitfarbene Uniform, wie ihre Kollegin. Allerdings wirkt sie durch ihren dunkelbraunen Hautton, den fast schwarzen Augen, in diesem Outfit irre sexy. Die Uniform ist exakt die Gleiche - oh nein, doch nicht! Bei genauerem Hinsehen fallen mir am Schulterblatt zwei silberne

Streifen und ein Stern hat. Genau wie die Dienstbekleidung eines Oberstleutnants, bei der Marine in Deutschland. Wenn sie meine Tochter wäre, würde ich ihr diese Uniform nicht erlauben. Sie nimmt wie selbstverständlich mein Gepäck von der Waage. Gleichzeitig bittet sie mich in perfektem Deutsch, mit ihr zu kommen. Auf die Idee, mit mir die Konversation in Englisch zu betreiben, kommt sie gar nicht. Woher weiß sie, dass ich diese Sprache perfekt beherrsche? Etwas seltsam, denn eigentlich ist dies nirgendwo für sie ersichtlich. Auf meine Anmerkung, dass ich meinen Koffer lieber selber tragen würde, bemerkt die Amazone in ruhigem Ton:

„Das ist alles im Service inklusive, lieber Herr Professor Dr. Dr. h. c. Hoffmann. Mein Name ist Dunja. Ich heiße Sie, lieber Herr Professor, im Namen der Fluggesellschaft al'AHLAM ganz herzlich willkommen. Meine Aufgabe ist es, Ihnen beim Einchecken zur Hand zu gehen, damit Sie völlig stressfrei unseren gesamten Service nutzen können. Ihre Boardingkarte habe ich bereits hier. Ich übergebe nur noch kurz Ihr Gepäck an meinen Kollegen. Anschließend begleite ich Sie über den Zollbereich zur VIP-Lounge. Würden Sie mir bitte auf dem Weg dorthin noch einige Fragen zur Ihrer Identifizierung beantworten?"

„Gerne, fragen Sie nur, es wird mir eine Freude sein, Ihnen diese Fragen zu beantworten", kommt lässig von mir.

Gleichwohl fühle ich mich, da Dunja noch immer mein Gepäck trägt, unwohl. Ich habe bei jungen Frauen immer eine Art Beschützerinstinkt, der es ungern zulässt, dass diese mein Gepäck tragen. Ihre überaus feminine Komponente, die sie ganz bewusst einsetzt, löst bei mir nicht mehr als väterliche Gefühle aus. Dunja scheint zu spüren, dass ich mich unwohl fühle, denn sie winkt einen Kollegen zu sich. Dieser nimmt ihr den *Samsonite*-Koffer ab. Der junge Mann hat ebenfalls eine rot-anthrazitfarbene Uniform an, sein Schulterblatt hat dieselbe Anordnung von Abzeichen. Mit einem Lächeln bedankt er sich bei Dunja dafür, dass er nun das Gepäck übernehmen darf. Er geht in einem gebührenden Abstand vor uns. Ich schüttle den Kopf. So etwas habe ich noch nie erlebt. Mir ist durchaus bewusst, dass die Australier die Freundlichkeit gepachtet haben, aber dass sich jemand bedankt, ein Gepäckstück zu übernehmen, so etwas ist mir dennoch unbekannt. Beim Weitergehen stellt nun Dunja mir die bereits angesprochenen Fragen:

„Ist es richtig, dass Ihr Name Professor Dr. Dr. h. c. Timothy Hoffmann ist?"

„Ja, das ist korrekt, Dunja!"

„Würden Sie mir bitte noch sicherheitshalber ihr Geburtsdatum, ihren Geburtsort sowie die letzten drei Ziffern ihrer Kreditkarte nennen? Ich bitte Sie, alle Besonderheiten, die Sie bereits bei der Authentifizierung zur Buchung unseres Airlineprogrammes mitgeteilt haben, zu nennen, damit ich eine sichere Identifizierung gewährleisten kann. Nicht, dass sich jemand Ihren Flug erschleicht!", setzt sie mit einem Augenzwinkern hinzu.

„Ja sicher! Mein Name ist Professor Dr. Dr. h. c. Timothy Hoffmann, Hoffmann mit zwei ‚F'. Es ist für mich in Ordnung, wenn Sie mich mit Herr Professor ansprechen, ansonsten lege ich Wert auf alle meine Titel. Mein Geburtsname ist Timotheus, Timotheus mit ‚TH'. Die Änderung im Reisepass auf Timothy geschah im Zuge meiner internationalen Tätigkeiten am 22.08.1993. Mein Geburtsdatum ist der 13.12.1963, das war ein Freitag. Mein Geburtsort ist Kapstadt in Südafrika. Mein aktueller Wohnsitz ist in London, einen Zweitwohnsitz habe ich noch in Frankfurt am Main. Die letzten drei Ziffern meiner Kreditkarte lauten, vier - sechs - neun. Das waren alle Eckdaten, die ich auch bei der Einschreibung für diesen Flug angegeben habe. Darf ich Ihnen sonst noch irgendwelche Fragen beantworten?"

Das es nur sehr wenige Menschen gibt, die mich Tim nennen, habe ich nirgendwo angegeben. Dieses Detail ist ja hier für niemanden in irgendeiner Art und Weise relevant. Die Anzahl dieser Menschen hat sich im

Laufe der Jahre dezimiert. Die Einzige, die noch übrig ist, ist meine Frau Isabel. Leider nennt sie mich schon lange nicht mehr so.

„Nein, danke. Das ist ausreichend. Diese Daten stimmen exakt mit den Antworten auf Ihren Bewerbungsunterlagen für diesen Flug überein. Sehr gut! Somit haben Sie die erste Hürde zu Ihrem Luxury-Dream-Flug, dem Flug der Spitzenklasse in der al'AHLAM, gemeistert."

Wir gehen entspannt weiter, quer durch die Halle. Dunja begleitet mich zur Passkontrolle, was den ein oder anderen verwirrten Blick der anderen Reisenden hervorruft. In mir allerdings löst dieser Service das angenehme Gefühl, bedeutungsvoll zu sein, aus. An einem separaten Kontrollpunkt angekommen, werden zuerst mein *Samsonite* und anschließend meine Papiere dem Zollbeamten überreicht. Dieser bittet mich, kurz das Gepäck zu öffnen, damit er einen Blick hineinwerfen kann. Und es ist wirklich nur ein oberflächlicher Blick. Anschließend wird mein Pass kontrolliert und er bittet mich kurz, zu ihm aufzublicken. Danach lässt Dunja mich wissen, dass ich alleine durch den Sicherheitsbereich gehen darf. Sie würde mich auf der anderen Seite mit Freude wieder erwarten. Die anstehende Sicherheitskontrolle gestaltet sich wie immer bei den Australiern höflich, aber streng. Das obligatorische Schuhe Ausziehen ist selbstredend mit dabei. Ich entledige mich noch zusätzlich meines Gürtels, nehme mein Handy, mein *iPad Pro* inklusive Stift, die passenden Kopfhörer, wie auch mein Portemonnaie aus den Sakkotaschen und lege alles in den dafür vorgesehenen Behälter. Nachdem ich durch den Scanner bin, erwartet mich Dunja bereits wieder. Diese Kontrolle war wie immer für mich unkompliziert, da ich prinzipiell nur das Notwendigste ins Flugzeug mitnehme. Also keine separate Tasche oder gar ein Rucksack, was für mich absolut nicht in Frage kommt. Fliegen ist für mich immer eine Zeit, um zur Ruhe zu kommen. Normalerweise höre ich auf einem Flug stets Entspannungsmusik, um ganz bewusst emotional herunterzufahren. Keine Arbeit, keine negativen Gedanken, nur Musik. Heute wird es anders sein! Keine Entspannung im üblichen Sinne. Gerade frage ich mich, warum ich die Kopfhörer eingepackt habe. Wahrscheinlich aus der Routine. Diese brauche ich heute bestimmt nicht. Ich bin auf eine angenehme Art nervös, fast ein wenig aufgeregt. Dunja bittet mich, ihr zu folgen.

Wir flanieren durch den ‚Duty-Free' Bereich, um in die VIP-Lounge der al'AHLAM Airlines zu kommen. Hinter dem *Apple*-Stand ist ein Aufzug. Dieser ist nicht auf den ersten Blick als ein solcher zu erkennen. Es scheint sich hier nicht um einen öffentlichen Zugang zu handeln. Wir steigen ein und fahren ein Stockwerk höher. Dort nimmt uns eine noch attraktivere Kollegin von Dunja in Empfang. Ich schätze diese auf Mitte vierzig. Zumindest ein Jahrgang, der bei mir keine Beschützerinstinkte mehr weckt. Sie hat einen südländischen Teint, wirkt auf mich faszinierend und ist sehr wohlgeformt. Ich habe ein Faible für südländische Frauen. Ganz besonders haben es mir ihrer dunklen großen Augen angetan. Sie hat kurzes, braunes, leicht lockiges Haar. Sie trägt ebenfalls die rot-anthrazitfarbene Uniform, die ihre weiblichen Vorzüge diskret zur Geltung bringt. Auf ihren Schulterblättern erkenne ich ein Eichenblatt.

„Herr Professor Dr. Dr. h. c. Hoffmann, darf ich Sie Timothy nennen? Mein Name ist Dr. Melina de Luna. Für Sie Melina. Ich bin heute Ihre Fachärztin für die angekündigte spezielle Gesundheitsuntersuchung, für Ihren ‚Fitness-Check-up'. Sie wissen, dass dieser Check-up eine der Grundvoraussetzungen für diesen Flug ist?"

Wie respektvoll aus ihrem Munde mein Name erklingt. Ich hasse es, wenn man meinen Namen verstümmelt, und deshalb hat sie sich gerade weitere Sympathiepunkte erworben. Mir ist durchaus bewusst, dass eigentlich der höchste Titel zur Anrede reicht, dennoch bestehe ich in den meisten Fällen eben auf alle Titel.

„Ja, Melina. Das wurde mir bei der Annahme meiner Bewerbung mitgeteilt. Mir ist auch durchaus bewusst, dass, sollte ich diesen Check-up nicht bestehen, es mir verwehrt wird, den vollen Leistungsumfang des

Programmes zu nutzen. So dass ich dann nur den Flug nutzen darf," antworte ich und lächle ihr zu.

Sie lächelt zurück, nickt gleichzeitig zustimmend. Über den anstehenden ‚Gesundheits-Check-up' mache ich mir keine Gedanken. Ich bin in der Blüte meines Lebens. Ich jogge zwei bis drei Mal die Woche rund zehn Kilometer, bin regelmäßig mit dem Rennrad unterwegs und schwimme mindestens einmal in der Woche. Bei einer Größe von einhundertdreiundachtzig Zentimetern wiege ich gerade mal fünfundsiebzig Kilo. Meine üblichen Blutwerte wie Cholesterin usw. sind seit Jahren phänomenal, was mir laut Hausarzt ein Alter von mindestens fünfundneunzig Jahren bescheren sollte. Somit wird dieser Bereich locker abzuhaken sein.

In der VIP-Lounge befindet sich eine Café Bar. Hier duftet es herrlich nach frischen Brötchen und Croissants. Das ganze Zimmer ist stilistisch einwandfrei eingerichtet, eine ungewöhnlich angenehme Atmosphäre. Ich scheine aktuell der einzige Nutzer der Lounge zu sein. Melina schreitet vor mir durch diesen Bereich hindurch, um in einen Gang zu gelangen, von dem zwei Türen rechts und links wegführen. Sie weist auf eine der Türen und spricht:

„In diesem Zimmer haben wir Sportsachen für Sie bereitgelegt. Bitte ziehen Sie diese an! Anschließend kommen Sie einfach in das gegenüberliegende

Zimmer. Dort warte ich schon auf sie. Wir beginnen dann umgehend mit allen notwendigen Untersuchungen." Sie zwinkert und fügt schmunzelnd hinzu:

„Mal sehen, Timothy, ob Sie das Umziehen in drei Minuten oder weniger schaffen."

Sie grinst und geht. Oh Mann, hat diese Frau eine sinnliche Stimme! Ich könnte ihr ewig zuhören. Ihr Tonfall und ihre Augen transportieren mehr als das, was zu hören ist. Ich sollte mich auf mich konzentrieren ...

Wie es weitergeht:

Informationen zur Veröffentlichung stehen ab Herbst 2022 auf meiner Homepage: www.tatjanabergmann.de